Jetzt geht's ab, GIRLS!

In der Lesegören-Reihe sind von Bianka Minte-König bisher erschienen:
Wo geht's lang, GIRLS?
Was gibt's Neues, GIRLS?
Gut gemacht, GIRLS!
Cooler Auftritt, GIRLS!
Jetzt geht's ab, GIRLS!

Bianka Minte-König, als Tochter eines Buchhändlers in Berlin geboren, promovierte in Literaturwissenschaft und lehrte als Professorin für Literatur-, Theater- und Medienpädagogik. Mit ihren Jugendbüchern der Reihe »Freche Mädchen – freche Bücher!« hat sie sich in die Bestsellerlisten und die Herzen ihrer Leserinnen geschrieben. Ihre Bücher wurden in über 20 Sprachen übersetzt, in zahlreichen Hörbüchern vertont und für das Kino verfilmt, wo sie zusätzlich ein Millionenpublikum erreichten.

www.biankaminte-koenig.de

Mehr über unsere Bücher, Autoren und Illustratoren auf:
www.planet-verlag.de

LESE GÖREN

Bianka Minte-König

Jetzt geht's ab, GIRLS!

PLANET!

Ihr glaubt es nicht ...

aber unser Klassenlehrer Herr Bergmann hat sich tatsächlich durchgerungen, mit uns eine Klassenfahrt zu machen. Obwohl er Schüler doch eigentlich nicht leiden kann, besonders die aus seiner eigenen Klasse. Das lässt sich sogar ein bisschen nachvollziehen, denn Marcel und seine Dumpfbacken-Bande gehen auch mir ganz schön auf den Keks.

Doch eine Klassenfahrt ist einfach sensationell und die lasse ich mir auch von denen nicht vermiesen. Schließlich sind meine besten Freundinnen Hanna und Stine vom GIRLS-Club auch dabei, darum kann es nur superhypermegacool werden.

Klar, dass ich darüber meinen nächsten Roman schreiben muss, und darum habe ich mir ein Ferientagebuch gekauft, in das ich alles Wichtige von dieser Reise eintragen werde. Es ist supidupi hübsch, blau und mit Muscheln und Seesternen auf dem Umschlag. Das passt, denn es geht an die Ostsee. Auf den Darß in ein Schullandheim. Hach, ich bin ja sooo gespannt.

In zwei Wochen starten wir schon, und darum muss ich jetzt ganz dringend mit den GIRLS überlegen, was wir da alles machen können.

DIE GIRLS AUF KLASSENFAHRT, wird jedenfalls mal wieder ein tolles Projekt!

Blitzprojekt

Lottes Ferientagebuch – Kapitel 1
in dem Reisepläne gewälzt werden, Frau Weissgerber Mathelehrer Zwiefalten einen Strich durch die Rechnung macht und die GIRLS ein Blitzprojekt starten müssen. Ach ja, da ist auch noch dieses komische Herzflimmern … und sowieso dreht mal wieder jeder am Rad!

»Und wenn es die ganze Zeit regnet, was mache ich dann mit meinen Sommerkleidern?«

»Trocknen!«

Ich muss über Hannas Sorgen und Stines wahrhaft »trockene« Antwort darauf lachen.

Wir lagern in meinem Zimmer auf dem gemütlichen Diwanbett in der Fensternische und sprechen grade über unsere Klassenfahrt.

Treffen bei mir sind deswegen so praktisch, weil unser altes, renovierungsbedürftiges Haus – auch liebevoll *Gruselvilla* genannt – nicht weit von der Schule entfernt in der Altstadt liegt.

Draußen pladdert der Regen gegen die Scheiben, und Hannas Einwurf ist mehr als berechtigt. Der Sommer hat sich bisher wirklich noch nicht von seiner besten Seite gezeigt. Wenn es so an der Ostsee weitergeht, wären Badeanzug und Ostfriesennerz die einzig sinnvollen Kleidungsstücke. Sommerkleider könnten wir echt vergessen.

»Vielleicht ein paar Schwimmflossen«, schlägt Stine vor. »Wasser von oben und von unten … da wäre das doch praktisch.«

»Hahaha … sehr witzig!« Ich streichele missmutig meine Pudelhündin Polly, die auch keinen Regen mag.

Es ist wieder mal Hanna, die ein bisschen Sonne in diese trübe Stimmung bringt. »Das wird schon, Lotte«, meint sie aufbauend, »mein Vater hat gesagt, in zwei Wochen, wenn es losgeht, soll ein stabiles Hoch über Mitteleuropa liegen und total schönes Wetter bringen. Ihr werdet sehen, das wird alles ganz, ganz toll.«

»Dann lasst uns die Klamottenfrage noch etwas aufschieben und lieber ein bisschen Musik machen«, schlage ich vor. Das ist, seit wir unsere Band gegründet haben, die beste Methode, um miese Stimmung zu vertreiben. Wir schlürfen unseren Saft aus und rennen dann lachend hinauf in den Übungsraum, wo unsere Instrumente stehen.

»Los«, fordert Stine uns auf, »lasst uns was improvisieren – einen Schönwetter-Song!«

Sie fängt mit prasselnden Regentropfen auf dem Schlagzeug an und dann lasse ich am Keyboard die Sonne aufgehen …

Okay, Hanna sollte tatsächlich recht behalten, denn noch am Abend hörte der Regen auf und schon am nächsten Morgen schien die Sonne an einem wolkenlos blauen Himmel.

»Wusste gar nicht mehr, wie schön so was aussieht«, nuschele ich also entzückt beim Frühstück, während ich mir mein Müsli reinschaufele. »Ich habe echt schon befürchtet, der Himmel wäre für alle Zeiten auf Grau geeicht. Hoffentlich bleibt es so, es wäre wirklich dumm, wenn die Klassenfahrt ins Wasser fiele.«

Also, wie schon gesagt, am Wetter lag es erst mal nicht, aber als wir am Morgen bei strahlendem Sonnenschein in die Schule kommen, ist die Sonne wirklich das Einzige, was strahlt. Ansonsten sieht es ganz danach aus, als würde die Klassenfahrt auch ohne Regen ins Wasser fallen.

In der Klassenlehrerstunde hat unser Mathelehrer Bergmann nämlich mal wieder zwei tiefe Falten auf der Stirn. Die haben ihm seinen Spitznamen Zwiefalten eingebracht und sind ein ziemlich sicheres Stimmungsbarometer.

»Oha«, wispere ich Hanna und Stine zu, »was ist denn dem für eine Laus über die Leber gelaufen, der sieht ja mal wieder zum Fürchten aus.«

»Ist die Klassenarbeit so schlecht ausgefallen, oder hat Marcel schon wieder Mist gebaut?«, fragt Hanna zurück. Was Marcel, unseren Klassenkasper, angeht, traue ich dem allerdings jede Fiesigkeit zu. Aber noch ehe wir richtig ins Spekulieren geraten, rückt Bergmann schon selbst mit der Sprache und dem Grund für seine sichtbar schlechte Laune heraus.

Er räuspert sich zweimal, weswegen ich annehme, dass es wirklich etwas Unangenehmes ist, was er uns mitteilen will.

Och nee! Es geht um die Klassenfahrt, und was er sagt, ist ja total deprimierend.

»Also, ich weiß ja, dass ihr euch alle sehr auf die Klassenfahrt freut, aber leider habe ich eine schlechte Nachricht …«

Bei seinen Worten setzt sofort Unruhe ein, nicht nur bei Marcel, denn jeder möchte natürlich wissen, was los ist.

»Ich muss euch leider mitteilen, dass Frau Weissgerber nicht mitfahren kann …«

»WAS!«, rutscht es mir heraus. »DAS GEHT ABER GAR NICHT!«

Zwiefalten wirft mir einen tadelnden Blick zu, meint aber erstaunlich friedfertig: »Richtig, Lotte, obwohl wir nicht in die Klasse brüllen. Aber deiner Feststellung ist eigentlich nichts hinzuzufügen. Ohne Frau Weissgerber keine Klassenfahrt.«

»Wie jetzt?« Sogar Stine, die meistens als Einzige den Durchblick behält, ist verwirrt, und als Klassensprecherin fragt sie daher noch einmal genauer nach. »Wollen Sie damit sagen, dass deswegen unsere Fahrt an die Ostsee ausfällt? Was hat Frau Weissgerber denn eigentlich? Ist sie krank?«

Wieder räuspert sich Zwiefalten. Den hat die Nachricht selber wohl auch ganz schön umgehauen. Kritisch, kritisch!

»Äh, nicht direkt krank, also es ist mehr … privater Natur … äh … warum sie behindert … äh … ich meine … verhindert ist …«

Hanna und ich starren uns an. Was faselt Bergmann denn da zusammen? Nicht krank, aber behindert, oder doch eher nur *ver*hindert … und wieso privat? Ich kann ihm nicht folgen und frage mich wirklich, was er uns eigentlich sagen will.

Frau Weissgerber ist unsere Vertrauenslehrerin und hat darum für uns da zu sein, wenn wir eine Klassenfahrt machen.

Sie ist so cool, und jede andere Lehrkraft ist gegen sie nur zweite Wahl! Wir Mädchen lieben sie, und ohne sie können wir uns die Reise überhaupt nicht vorstellen … Lustig wird es ohne sie jedenfalls wohl kaum. Zwiefalten ist ja inzwischen ziemlich korrekt, aber Spaß kann man mit dem vermutlich nicht haben. Jedenfalls fällt es mir schwer, mir das vorzustellen. Der wird uns bestimmt ständig mit irgendwelchem Schulkram triezen: *Berechnet den Brechungsgrad der Wellen am Ostseestrand abhängig von Windgeschwindigkeit, Windrichtung und dem sich wie ein Walross durch das Wasser wälzenden Marcel* … Grumpf!

Und was verflixt noch mal ist der Grund dafür? Ich bin total sauer, und schon rutscht es mir raus: »Warum reden Sie denn so um den heißen Brei herum …?« Uups, da habe ich mal wieder die Warnung von meinem inneren Lebenskompass übersehen, der mir COOL DOWN anzeigt. Dabei ist der oft wirklich nützlich und bewahrt mich meistens vor einer Dummheit. Also breche ich erschrocken mitten im Ausruf ab, beiße mir auf die Unterlippe und murmele eine Entschuldigung in Richtung Bergmann: »Äh, tut mir leid, ist mir so rausgerutscht …«

Aber mein spontaner Ausruf geht mitsamt der Entschuldigung in Robs gleichzeitig gestellter Frage unter. Er kann mit Zwiefaltens Andeutungen wohl ebenfalls nichts anfangen, und als zweiter Klassensprecher hat er ja quasi einen dienstlichen Anspruch auf eine anständige Auskunft.

»Könnten Sie sich vielleicht etwas genauer ausdrücken?«, fragt Rob also gerade. »Wenn Frau Weissgerber ihre Beteiligung abgesagt hat und damit die ganze Klassenfahrt infrage steht, haben wir doch sicher das Recht, etwas mehr zu den Hintergründen zu erfahren.«

Da hat er sich aber im Gegensatz zu mir sehr gewählt ausgedrückt, denke ich anerkennend. Aber trotzdem gefällt Bergmann Robs Frage offenbar auch nicht besser als mein Spontanbeitrag. Entsprechend knurrig fällt seine Antwort aus.

»Es gibt keine Hintergründe.« Punkt! »Jedenfalls keine, die euch etwas angehen.« Basta! »Kein Lehrer ist verpflichtet, an einer Klassenfahrt teilzunehmen, schon gar nicht, wenn er … äh … sie … Also, wenn die Umstände … andere sind … Ich meine, sich verändert haben … Ich mache das übrigens auch freiwillig …«

»… und weil sie es sowieso nicht gerne machen, kommt Ihnen die Absage von Frau Weissgerber garantiert sehr gelegen!«

Diese freche Bemerkung stammt natürlich nicht von Rob, sondern von Marcel, der einfach in die Klasse blubbert.

Klar, dass Zwiefalten nun wirklich stinkig wird.

»Marcel!!!«, schnaubt er nun mit mindestens drei Ausrufungszeichen. »Ich versuche mit der Klasse in Ruhe darüber zu reden, wie die Fahrt zu retten ist. Wenn du aber lieber zu Hause bleiben möchtest, lässt sich das natürlich schon vorab klären. Du kannst dann gerne am Unterricht der Parallelklasse teilnehmen.«

Batsch, das hat gesessen wie eine Ohrfeige. Marcel verschlägt es die Sprache, und der Rest der Klasse wiehert vor Vergnügen über sein verdutztes Gesicht. Der kann aber auch herrlich dämlich gucken.

Ich genieße den bedepperten Anblick noch, als ich hinter mir Viola zischeln höre.

»Hat er was von *anderen Umständen* gesagt?«

Meine Ohren werden länger, aber schon flüstert Hanna mir zu: »Glaubst du, Frau Weissgerber ist schwanger?«

»Quatsch«, blocke ich solche wilden Spekulationen sofort ab. »Eine Schwangerschaft ist schließlich keine Krankheit, da kann sie doch trotzdem auf eine Klassenfahrt gehen.«

»Würden auch die Damen auf den hinteren Plätzen jetzt bitte ihr Kaffeekränzchengeplauder einstellen und ihre Aufmerksamkeit wieder nach vorne richten!«, blafft Bergmann jedoch sofort in unsere hochinteressante Diskussion. »Die Dinge sind nun mal, wie sie sind. Für die Klassenfahrt bedeutet das, uns fehlt eine zweite und dazu noch weibliche Begleitperson. Wenn sich niemand findet, der mit diesem renitenten Schülerhaufen eine Woche in einem Schullandheim verbringen will, dann ist die Sache – so leid es mir tut – gestorben.«

»Aber da wird sich doch sicher jemand finden ...«, macht Stine auf Optimismus, und auch Rob meint: »Haben Sie denn schon im Kollegium das Problem geschildert? Es ist schließlich bereits alles bestellt und bezahlt.«

Bergmann schüttelt den Kopf.

»Ich habe selbst erst gestern Abend in einem Telefonat mit Frau Weissgerber davon erfahren. Natürlich werde ich unseren Direktor davon in Kenntnis setzen, falls es die Kollegin nicht schon selbst getan hat. Wir werden selbstverständlich nach einer Lösung suchen ... versprechen kann ich allerdings nichts. Also, ihr wisst jetzt erst mal Bescheid. Nehmt die Mathebücher raus ...«

In der kleinen Pause ist in der Klasse natürlich die Hölle los.

»Der kann uns doch nicht einfach so hängen lassen!«, mache auch ich meiner Enttäuschung Luft.

»Tut er ja nicht. Bergmann kann schließlich nichts dafür, wenn Frau Weissgerber so kurzfristig absagt ...«

»Ich wette, sie ist schwanger!«, quietscht Viola wie eine verstimmte Violine dazwischen.

Ich kann mir das zwar auch vorstellen, aber deswegen muss sie sich ja nicht in unser Gespräch einmischen. Also pampe ich zurück: »Quark! Wegen einer Schwangerschaft muss man keine Klassenfahrt absagen.«

Dem stimmt Hanna zu, denn ihre Zwillingsbrüder sind schließlich noch ziemlich frisch, und sie hat die Schwangerschaft ihrer Mutter hautnah miterlebt.

Viola schaut mich allerdings sehr arrogant über die Schulter an und sagt dann besserwisserisch: »Lotte Lindberg, rede nicht immer über Sachen, von denen du nichts verstehst. Wenn es eine Risikoschwangerschaft ist, wird Frau Weissgerber den Teufel tun und wegen unserer Klassenfahrt ihr Baby in Gefahr bringen.«

»Aber man sieht doch überhaupt nichts ...«, werfe ich ein.

»Also, ich weiß jedenfalls, dass sie sich schon länger ein Kind wünscht, es bisher aber nie geklappt hat ...«

»Ach, und woher weißt du das? Hörst du mal wieder das Gras husten?«

»Nein, Lotte Lindberg, das überlasse ich dir. Ich habe eben die entsprechenden Verbindungen ...« Und mit dieser schnippischen Bemerkung dreht sie sich zu ihren gackernden Hühnern um und scheucht sie aus der Klasse.

»Los, Mädels, ich muss mal kurz mein Make-up auffrischen …«

Rob steht plötzlich neben Stine. Verblüfft schaut er Viola und den Chicks nach. »Was war das denn?«

»Klatschtante Viola in ihrem Element«, meint Stine trocken, um dann aber ernst zu fragen: »Hast du was von dem Kinderwunsch von Frau Weissgerber gewusst?«

Ich kichere innerlich. Diese Frage an einen Jungen zu richten, ist ja schon ein bisschen schräg. Rob wirkt plötzlich ungewöhnlich verlegen, als er die Schultern zuckt und sagt: »Also, sie ist zwar Vertrauenslehrerin, aber deswegen muss sie ja nicht gleich jeden bei solchen privaten Dingen ins Vertrauen ziehen …«

Ich grinse, denn das hat er mal wieder richtig gut abgeblockt.

Frau Weissgerber tut es dann aber doch – also zumindest unsere Klasse zieht sie ins Vertrauen. In der Deutschstunde erklärt sie uns, dass sie und ihr Mann sich schon länger ein Kind wünschen.

»Wir hatten schon fast die Hoffnung aufgegeben, und nun erfahre ich ausgerechnet so kurz vor der Klassenfahrt, dass ich endlich doch ein Baby erwarte.«

Wir Mädchen fangen spontan an zu klatschen, und die Jungs stimmen mit Pfiffen und Getrampel auf ihre Art mit ein.

Frau Weissgerber strahlt über das ganze Gesicht, und als sie sich bedankt, leuchtet sie immer noch vor Glück. Dann aber sagt sie ernst: »Leider ist mein Arzt der Meinung, dass eine Klassenfahrt in diesem Stadium der Schwangerschaft vielleicht zu anstrengend für mich sein könnte. Er will auf keinen Fall ein Risiko eingehen und hat eindringlich davon abgeraten. Es tut mir wirklich sehr leid, denn ich liebe die Ostsee und hätte euch so gerne begleitet. Aber auch mir ist das Risiko zu hoch. Dieses Baby möchte ich unbedingt behalten.« Sie schaut in der Klasse herum. »Das versteht ihr doch sicher.«

Fast alle nicken, und Stine sagt in ihrer Rolle als Klassensprecherin sehr freundlich: »Wir freuen uns natürlich mit Ihnen.«

Außerdem fragt sie auch gleich ganz diplomatisch, ob Frau Weissgerber sich denn schon um einen Ersatz gekümmert habe.

Die nickt. »Ja natürlich, aber ich muss euch leider sagen, es ist schwieriger, als ich dachte.«

»Ist doch klar«, sagt Marcel, als wir in die große Pause pilgern. »Wer will denn schon freiwillig mit Zwiefalten auf Klassenfahrt gehen.«

Offenbar niemand, der nicht muss!

Als nach zwei Tagen immer noch kein Ersatz gefunden ist, wird die Sache allerdings brenzlig. Also berufen wir eine Sondersitzung des GIRLS-Clubs ein, zu der ausnahmsweise auch Rob eingeladen wird.

»Wie komme ich denn zu der Ehre?«, fragt er grinsend, als ich ihm die Botschaft überbringe.

»Na, du bist doch im Klassensprecherteam. Wenn wir was machen, dann richtig. Falls wir eine Idee haben, musst du sie zusammen mit Stine dem Direx vorschlagen. Doppelte Power ist immer besser.«

Er nickt ergeben, obwohl es ihm sicher ein bisschen peinlich ist, zusammen mit drei Mädchen in unsere Eisdiele zu gehen. Aber die ist immerhin ein neutraler Ort. Bei mir auf dem Zimmer oder im Tropenhaus oder bei Hanna hätte er sich bestimmt noch viel unwohler gefühlt. Also, da gehe ich jetzt mal von mir aus, denn wenn ich mich an meinen Besuch in seiner Bude zurückerinnere, dann kriege ich heute noch Herzrasen und Hitzewallungen.

Okay, anderes Thema. Wir hocken also vor unserem Spaghetti-Eis und diskutieren, warum niemand bereit ist, für Frau Weissgerber einzuspringen und uns auf die Klassenfahrt zu begleiten.

»Ist Bergmann in der Schule immer noch so unbeliebt?«, frage ich.

»Na ja, er hat halt ein aufbrausendes Temperament.«

»Er kann aber auch anders«, gebe ich zu Bedenken. »Zu seinem Hund Rubber ist er doch total liebevoll und freundlich …«

»Der ist ja auch freundlich zu ihm. Mit Schülern und Kollegen hat er vielleicht bisher nicht so gute Erfahrungen gemacht.«

»Die mit ihm aber sicher auch nicht. Ich erinnere mich noch gut, wie er reagiert hat, als die Leute vom Zirkus mit zwei Äffchen auf dem Schulgelände Freikarten verteilen wollten … Da hat er sich angestellt, als ob die Affen die Pest übertragen würden …«

»Ja, er hat schon ziemlich oft beim Rektor herumgestänkert. Das merken sich die Kollegen natürlich.«

»Wir müssen jetzt mal zu Potte kommen«, beendet Stine

schließlich die fruchtlose Debatte. »Die einzige Chance, die wir haben, ist, jede Kollegin einzeln abzuklappern und ihr zu erklären, dass Bergmann inzwischen sehr viel netter geworden ist und wir eine supertolle Klasse sind, mit der jeder Begleitlehrer viel Spaß haben wird.«

Ich breche bei Stines Worten in haltloses Gelächter aus.

»Gut gepredigt. Aber glaubst du wirklich, dass auch nur eine einzige Kollegin uns das abnimmt?«

»Von welchen Kolleginnen sprichst du eigentlich, Lotte?«, wirft Hanna ein. »Die meisten weiblichen Lehrkräfte sind Familienfrauen und können nicht so einfach mal eine ganze Woche wegbleiben.«

»Aber *eine Frau* muss bei der Klassenfahrt dabei sein. Da bestehen die Eltern und der Schülerrat drauf, damit wir Mädchen auch eine Ansprechpartnerin haben … kann ja immer mal was sein …«

»Was denn zum Beispiel?«, fragt ausgerechnet Rob.

Ich kriege eine knallrote Rübe und verkneife mir Details, wie zum Beispiel plötzliche Periode und andere Frauenthemen, von denen ja zurzeit so einige anstehen und über die ganz sicher kein Mädchen mit Zwiefalten reden würde.

Stine spürt wohl, wie mein Gehirn anfängt zu dampfen, und rettet die Situation, indem sie vorschlägt, eine Liste aller Lehrerinnen ohne Kinder aufzustellen. Die ist allerdings wirklich nicht rasend lang und sollte sich schnell abarbeiten lassen.

Wir teilen die Lehrerinnen unter uns auf und beschließen, am nächsten Tag gleich in der großen Pause mit der Aktion zu beginnen.

Wie heißt es so schön: Die Hoffnung stirbt zuletzt!

Als ich mich von Hanna und Stine verabschiedet habe, steht Rob immer noch da – wie bestellt und nicht abgeholt.

»Äh und du?«, frage ich etwas irritiert. »Fährst du nicht zusammen mit Hanna nach Hause?« Schließlich wohnt er ja auch in der Reihenhaussiedlung.

Er schüttelt den Kopf.

»Ich habe heute noch Musikunterricht.«

Jetzt kriege ich einiges nicht zusammen. Bisher haben wir beide bei Oma Petersen Klavierunterricht gehabt und vorher oft eine Cola zusammen getrunken. Aber da wohnte ich ja auch noch mit meiner Mutter in der Reihenhaussiedlung. Jetzt leben meine Eltern wieder zusammen mit mir in unserer »Gruselvilla« in der Altstadt und ...

»... Oma Petersen ist doch bei ihrer Tochter auf Mallorca und gibt gar keinen Klavierunterricht mehr.«

»Ja, genau. Darum gehe ich ja jetzt auch in die Musikschule von Ekki Eisenmann. Stört es, wenn ich dich noch ein Stückchen begleite? Die ist doch gleich bei euch an der Ecke. «

Keine Ahnung, warum ich jetzt plötzlich einen trockenen Mund habe und erst mal schlucken muss. Denn eigentlich ist das ja eine fabelhafte Neuigkeit. Man könnte ja vielleicht sogar ab und zu mal wieder eine Cola zusammen trinken ... Und ehe ich noch richtig nachgedacht habe, rutscht es mir auch schon heraus: »Super! Äh, hast du noch Zeit für eine Coke?«

Er grinst so was von süß, dass mir ganz warm ums Herz wird, und seine braunen Augen glänzen wie die Knopfaugen von meinem Lieblings-Kuschelbär, als er ganz locker sagt: »Lotte, du hast einfach immer richtig gute Ideen. Danke für die Einladung.«

Also klemmt er sich sein Skateboard unter den Arm, und wir pilgern gemeinsam zu unserer wildromantischen, halbrenovierten Jugendstilvilla. Ich lotse ihn durch den Garteneingang in die Küche.

Klar heften sich gleich meine Hündin Polly und Minischwein Rosita an unsere Fersen. Meinen Vater höre ich im Gewächshaus rumoren. Mam ist heute über Mittag nicht zu Hause, weil sie eine Redaktionskonferenz bei Ihrem *Power Girls*-Magazin leiten muss.

Ich werfe meinen Rucksack auf einen der Küchenstühle und hole die Getränke aus dem Kühlschrank.

»Setz dich, Gläser kommen gleich.«

Rob stellt seinen Rucksack und sein Skateboard ab und hockt sich an den Küchentisch. Hier hängen wir alle, einschließlich unseres Viecher-Zoos, gerne ab, weil er das Kommunikationszentrum in unserem Haus ist.

Rob streichelt Polly und Rosita und schaut sich dann in der Küche um.

»Ihr habt ja technisch ganz schön aufgerüstet«, sagt er grinsend.

Ich nicke und muss an die vielen Streitereien zwischen meinen Eltern denken, bis Mam dann endlich ihre »funktionsgerechte Küchenzeile« durchgesetzt hatte. Ich seufze. Aber wenigstens haben wir für das alte Buffet vom Flohmarkt, das Papa und ich so schön neu gestrichen haben, auch noch ein Plätzchen gefunden. Es hat so was Heimeliges zwischen all dem Chrom-Geblitze.

»War eine schwere Geburt, aber nun hat Mam ja ihren Kopf durchgesetzt … und ich muss kein Geschirr mehr abwaschen.«

Dass mir Papa dabei nun auch nicht mehr vorliest, behalte ich für mich, denn das Problem haben wir inzwischen gelöst. Wozu gibt es einen Kamin im Wohnzimmer und gemütliche Teestunden …

»Dann scheint sich der Umbau ja gelohnt zu haben«, meint Rob. Ich wechsele das Thema. Wenn der wüsste, was ich in letzter Zeit alles mitgemacht habe.

»Ist ja echt toll, dass du jetzt auch bei Ekki Musikstunden nimmst«, sage ich und freue mich wirklich darüber. Um unsere kleinen Treffen vor dem Klavierunterricht tat es mir nach dem Umzug wirklich leid. Schließlich sind wir alte Grundschulkumpels und hatten sogar mal ein gemeinsames Baumhaus. Von dem Herz, das Rob damals in den Baum geritzt hat, will ich gar nicht reden … äh … viel zu heißes Thema, allein bei dem Gedanken bricht mir schon der Schweiß aus.

Ob er auch manchmal daran denkt? Nicht an den Schweiß, an das Herz … Arggh! Besser nicht! Er scheint meine kurze Verwirrung nicht mitgekriegt zu haben, denn er sagt locker: »Ja, ich habe Glück gehabt, dass ich noch einen Platz bekommen habe. Nach eurem tollen Bandauftritt beim Schuljubiläum ist Ekki Eisenmanns Musikschule ja noch beliebter geworden. Richtig *in* plötzlich.«

»Das stimmt, Susi hat gesagt, die Leute rennen ihm total die Bude ein.«

»Das kann man doch verstehen. Ekkis *Krawall*-Gruppe ist ja schließlich hier in der Gegend mal ziemlich bekannt gewesen, und wer lernt nicht gerne bei einem Musiklehrer, der selbst schon Erfolg hatte. Außerdem war er ja viele Jahre im Musikbusiness und hat dort sehr erfolgreiche Gruppen produziert.«

»Wir wollen von unserem Song auch noch eine CD aufnehmen«, sage ich und bin total stolz, dass wir Ekkis Unterstützung haben.

»Das wäre wirklich cool«, sagt Rob grade, als mein Vater aus dem Garten reinkommt.

»Oh, du hast Besuch mitgebracht, Lotte!«, ruft er aus, und ehe er sich weiter wundern kann, erkläre ich ihm, dass Rob gleich zu Ekki in die Musikstunde geht.

»Wir haben nur kurz noch eine Cola zusammen getrunken, wie früher in der Siedlung, als wir noch Unterricht bei Oma Petersen hatten.«

Papa lacht und meint: »Fein, Traditionen soll man pflegen. Ich mach mich mal eben frisch. Frag doch deinen Freund, ob er mitessen will, ist alles fertig und genug da.«

Mensch, Papa! Ich fühle, wie es mir heiß in die Wangen steigt, und frage dann mit roter Rübe meinen *Freund* (?!): »Äh, willst du … äh … mitessen?«

Rob überspielt meine Verlegenheit mal wieder geschickt, indem er Rosita in ein Gespräch über ihren Schlammbauch verwickelt. »Ja, was bist du denn für ein kleines Schweinchen … bist ja ein richtiges Ferkel!« Aber er nickt. »Ja, gerne, wenn es dir nichts ausmacht.«

»Nee, macht es nicht, sonst hätte ich ja nicht gefragt.«

»Stimmt, hätte ich mir denken können.«

Er beugt sich wieder über das Schwein und kitzelt es am Bauch, was Rosi ganz offensichtlich gefällt. Dreck scheint Rob jedenfalls, anders als meiner Mam, nichts auszumachen.

»Die ist echt niedlich«, sagt er, starrt dann aber doch etwas verlegen auf seine Pfoten. »Allerdings etwas modrig …«

Ich grinse. Modrig ist gut. Mama sagt immer »verdreckt«, »versifft« oder »... versaut eben. Auch kleine Schweine können große Säue sein.«

Rob lacht, und ich zeige ihm das Gäste-WC im Flur, damit er sich vor dem Essen die Hände waschen kann.

»Dein Vater ist aber echt locker drauf«, sagt er anerkennend.

»Ja, ist er. Hanna kommt auch oft nach der Schule mit und isst dann bei uns. Er kocht übrigens richtig lecker.«

Das kann Rob dann gleich testen. Papa bringt ein tolles Gulasch auf den Tisch, und mit Gemüse aus unserem Garten und neuen Kartoffeln ist es fast schon ein Sonntagsessen.

»Wir müssen Mama aber unbedingt was aufheben«, verlange ich.

»Klar, ist ja genügend da.«

Ich freue mich, dass es Rob schmeckt, aber als Papa – meiner Meinung nach völlig überflüssig – fragt, was für ein Instrument er denn spielt, sagt er zu meinem Erstaunen nicht »Klavier«, sondern »Bassgitarre.«

»Wie jetzt?«, rutscht es mir also verblüfft heraus. »Du hast bei Oma Petersen doch auch Klavier gelernt.«

Rob nickt.

»Ja, stimmt. Aber seit ich auf dem Schulfest eure GIRLS-Band gehört habe, würde ich irgendwann auch gerne in einer Band spielen. Euch scheint es ja richtig Spaß zu machen. Ekki meinte, Bassisten würden immer gebraucht. Also probiere ich es mal.«

Ich hole das Eis für den Nachtisch aus dem Kühlschrank, und Papa verwickelt Rob nun sofort in ein Fachgespräch.

Während ich schweigend mein Eis in mich reinschaufele,

kann ich nur staunen, wie gut Rob bei dieser Fachsimpelei mithält und was für einen coolen Musikgeschmack er hat. Papa ist jedenfalls begeistert und schlägt meinem *Freund* großzügig vor: »Du kannst dir gerne mal mit Lotte was aus meiner Sammlung anhören.«

Rob schaut mich fragend an, und mir wird schon wieder verdammt heiß.

»Äh, ja klar, können wir machen …«, stottere ich und versenke meinen Blick im Schokoladeneis.

An meinem rechten Handgelenk trage ich das schmale Lederarmband, das Rob mir zu unserer Bandpremiere geschenkt hat. Wie verrückt von ihm. Die kleine silberne Note baumelt mir vor den Augen, als ich den letzten Löffel Eis in meinen Mund befördere. Dabei denke ich, dass der GIRLS-Band eigentlich noch ein Bassist fehlt und wie wundervoll es wäre, wenn Rob bei uns einsteigen würde …

Aber dann lecke ich seufzend den Löffel ab und bringe Rob zur Tür.

Er bedankt sich nett, und als er mit seinem Skateboard davondüst, zucke ich resigniert die Schultern. Wir sind ja nun mal eine GIRLS-Band, und da drin hat ein Junge leider nix verloren. Echt nicht!

Stress hoch zwei

Lottes Ferientagebuch – Kapitel 2
in dem sich vielleicht ein Käufer für das Reihenhaus findet, die Eifersucht wilde Blüten treibt, und aus leichtem Herzflimmern verdammtes Herzklopfen wird.

Auch in der Schule ist tierisch was los, und ich würde lieber heute als morgen auf Klassenfahrt gehen, um diesen ganzen Stress erst einmal hinter mir zu lassen …

Ich sitze mit Papa gerade entspannt im Tropenhaus bei einer Limo, als Mam, von unserem Kater Majestix umschnurrt, eintritt und vor Freude schier zu platzen scheint. Na, da muss die Redaktionssitzung ja heute megaerfolgreich verlaufen sein. Als ich diese Vermutung äußere, geht Mam gar nicht darauf ein, sondern jubelt: »Ratet, was ich für eine Überraschung habe!«

Fehlt nur noch das TRARA am Ende: Jubelschrei – Fanfare – und …? Mensch, Mama, mach es nicht so spannend! Komm rüber mit der Kunde!

»Keinen Schimmer«, geht auch Papa nur so lala auf sie ein, weil er sicher ist, dass die Neuigkeit eh gleich aus ihr rausplatzt. Da unterscheiden sich Mutter und Tochter in keiner Weise. *g*

»Ich habe vielleicht einen Käufer für unser Reihenhaus!«, stößt sie auch schon hervor und fällt Papa in die Arme. Mal gut, dass er reaktionsschnell ist und sie auffängt.

»Das ist ja fabelhaft«, freut er sich aber gleich mit. »Dann könnten wir hier ja wirklich bald ein bisschen gründlicher renovieren.«

Er hat wirklich nichts andres im Kopf. Mich interessiert es viel mehr, wer eigentlich unser altes Haus kaufen will.

»Bist du sicher?«, frage ich also. »Und was sind das für Leute, sind die auch nett? Ich habe Hanna versprochen, dass wir das Haus nur an nette Leute verkaufen. Schließlich sind die ja dann ihre neuen Nachbarn.«

Mam hat sich inzwischen wieder aus Papas Armen gewickelt und sich zu mir an den Marmortisch gesetzt. Ich gieße ihr ebenfalls eine Holunderblüten-Limo ein, die sie mit durstigen Zügen trinkt.

»Das sind sogar *sehr* nette Leute. Ihre Tochter Ramona geht übrigens in eure Klasse. Da hat Hanna gleich eine neue Freundin in der Nachbarschaft und …«

Ich fühle, wie mir die Krätze an den Hals springt, und unterbreche Mam mit einem entsetzten Schrei: »Sag, dass das nicht wahr ist!«

Sie hält erschrocken inne und schaut mich dann erstaunt an.

»Hast du was gegen die Leute? Ich dachte, du magst Ramona. Du hast die mir doch damals selbst für das Fotoshooting bei *Power Girls* vorgeschlagen. Dabei habe ich auch ihre Mutter kennengelernt. Ich fand, dass es ganz freundliche Menschen sind, die gut in die Siedlung passen würden.«

»Und woher wissen die, dass wir das Haus verkaufen wollen?«, fragt nun auch Papa etwas verwundert. »Haben sie auf die Zeitungs-Anzeige geschrieben?«

Mam schüttelt den Kopf.

»Nein, wir haben eine Anfrage von unserer Agentur bekommen, ob Ramona auch für andere Fotoshootings gebucht werden könnte. Aber das müssen natürlich die Eltern entscheiden, darum habe ich ihre Mutter angerufen. Sie schlug vor, das in Ruhe zu besprechen und meinte, dass sie gerne bei uns im Reihenhaus vorbeikommen könnte. Und da habe ich ihr dann erklärt, dass wir da nicht mehr wohnen und das Haus zum Verkauf steht ...«

Sie sieht uns nun beide fragend an und wirkt direkt etwas von der Rolle. Was ja klar ist, weil sie doch dachte, sie würde uns mit dieser Nachricht eine große Freude machen. Bei Papa mag das ja auch zutreffen, aber ich kann mich beim besten Willen nicht darüber freuen, dass eine von den Chicks in mein altes Zimmer ziehen soll. Violas Hühner-Clique ist so was von nervig, und es wird immer schlimmer, seit sie sich auch noch nach den Jungs aus der Nachbarklasse den Hals verrenken. Sie laufen rum wie aufgestylte Tussis aus einem Highschool-Musical. Ramona ist zwar nicht so schlimm wie Viola, aber dass eine Chick direkt neben meiner Freundin Hanna wohnt – das geht gar nicht!

»Warum wollen die denn jetzt plötzlich *unser* Haus kaufen? Hanna hat doch erzählt, dass Ramonas Eltern an den Stadtvillen am Wald interessiert wären.«

Selbst das hat mich schon aufgeregt, als ich es von Hanna erfahren habe. Ich will Ramona einfach nicht in ihrer Nähe haben. Sie soll nicht zusammen mit Ramona ihren Hund ausführen. Das ist … äh … war … immer meine Sache! Na gut, das funktioniert zurzeit ja sowieso nicht mehr, aber das heißt doch nicht, dass eine von den Chicks jetzt einfach so meinen Platz einnehmen kann. Ja, ich bin da vielleicht übertrieben eifersüchtig und vielleicht auch etwas selbstsüchtig, aber, verdammte Hühnerkacke, ich will meine beste Freundin Hanna nicht mit einer von Violas Hennen teilen!

»Da hast du recht, Lotte«, sagt Mama grade, und ich schaue sie wohl etwas dümmlich an. Habe ich das mit der Hühnerkacke schon wieder laut gesagt? Und wenn ja, warum stimmt Mam mir zu? Sonst meckert sie doch immer, wenn ich »Ausdrücke« benutze.

Okay, mein Irrtum klärt sich gleich auf, als ich frage: »Äh, womit? Womit habe ich recht?«

»Na, mit der Stadtvilla. Ramonas Eltern haben sich tatsächlich dafür interessiert und auch schon ein Haus reserviert. Aber nachdem es jetzt Grundwasserprobleme und einen Baustopp gegeben hat, dauert ihnen das zu lange. Außerdem wird es wohl auch viel teurer werden, als ursprünglich kalkuliert, denn man muss erst den Untergrund trockenlegen, bevor man dort einen Keller bauen kann. Ramonas Mutter hat gemeint, das wäre ihr zu riskant. Bei einem fertigen Haus wüsste man doch, was man hat, und die Gegend und die Nachbarschaft wäre ja dieselbe.«

»Das heißt, du willst ihnen unser Haus tatsächlich verkaufen?«

Ich spüre Verzweiflung in mir aufkeimen und kann es noch gar nicht richtig fassen.

»Bisher ist nichts entschieden, Lotte. Es ist ja nur eine Idee. Erst mal wollen Ramonas Eltern unser Haus gerne besichtigen. Aber mich würde es natürlich freuen, wenn sie sich zum Kauf entschließen könnten, und deinen Vater hoffentlich auch.«

Sie schaut zu meinem Papa rüber. Klar, dass sie sich nun ihn als Verbündeten sucht, wo ich wirklich nicht grade viel Begeisterung für ihr Vorhaben entwickele. Kann ich aber auch nicht, denn obwohl Ramona noch eine von den netteren Chicks ist, von meiner Freundin Hanna soll sie gefälligst ihre Griffel lassen.

»Sag du doch auch mal was dazu, Thomas«, nötigt Mam Papa nun zu einer Stellungnahme. »Oder passt dir auch was nicht an diesen Leuten?«

Papa wirkt etwas geistesabwesend, reißt sich jetzt aber zusammen.

»Ich kenne die Familie ja gar nicht und ich weiß darum auch nicht, warum Lotte so gegen sie ist. In meinen Ohren klingt da eigentlich alles ganz vernünftig.«

Na, klar! Ob meine Freundschaft den Bach runtergeht, wenn so eine Chick direkt neben Hanna wohnt, das interessiert ja keinen!

»Also, gegen eine Besichtigung spricht wirklich nichts. Man muss schließlich erst mal sehen, ob ihnen das Haus überhaupt zusagt. So schnieke wie die Neubauvillen von Violas Vater ist es natürlich nicht.«

Mama gibt nicht nach und preist das Haus an, als solle Papa

es kaufen: »Aber es ist ein Eckhaus mit einem wunderschönen Garten …«

Der direkt an Hannas Garten grenzt, sodass man ganz schnell hin- und herlaufen kann! Ich könnte speien, wenn ich mir vorstelle, dass nicht ich, sondern Ramona in Zukunft mal schnell zum Hausaufgaben machen zu ihr rüberwetzt.

»Wenn die glaubt, mit unserem Haus könnte sie auch gleich meine Freundin kaufen, dann hat sie sich aber gewaltig geschnitten!«, knurre ich bei diesem Gedanken total frustriert.

NA … NA … NA! FAIR BLEIBEN, signalisiert mein innerer Lebenskompass, und auch Papa wirkt jetzt direkt ein wenig alarmiert.

»So kenne ich dich ja gar nicht, Lotte! Ist es nicht schön, wenn eine Klassenkameradin in dein Zimmer zieht? An Hanna denkst du wohl gar nicht – sie ist doch seit eurem Umzug zu mir sicher ziemlich viel alleine. Eine Freundin aus derselben Klasse würde ihr doch sicher helfen, mit deinem Wegzug besser fertigzuwerden. Besonders jetzt, wo du ja nicht mal mehr zum Klavierunterricht regelmäßig in die Siedlung fährst.«

»Kann ich was dafür, dass Oma Petersen keinen Unterricht mehr gibt?«, reagiere ich auf Paps Worte ziemlich muffig. Was weiß denn der von Hanna und mir?! »Hanna braucht keine neue Freundin. Ich bin ja nicht aus der Welt. Wir treffen uns schließlich ganz oft hier zum Üben für die Band.«

Nun ist aber auch Mama verwundert.

»Wo du das grade ansprichst – in eurem GIRLS-Song klingt das aber ganz anders, so als würdet ihr jedes Mädchen, das zu euch kommt, mit offenen Armen aufnehmen.«

Jetzt macht sie mich direkt verlegen, denn ich habe den Text für unseren Song natürlich ernst gemeint, als ich ihn geschrieben habe.

»Äh … das wollen wir ja auch … also im Prinzip … eigentlich … Aber es muss ja nicht grade ein Mädchen von Violas Chicks-Clique sein.«

Mama reicht die Diskussion jetzt.

»Ich bin müde«, sagt sie und wirkt ziemlich erschöpft. »Die Redaktionssitzung war recht anstrengend. Ich habe gedacht, ich mache euch eine Freude mit der Botschaft – noch mehr Diskussionen kann ich heute wirklich nicht gebrauchen.«

Papa springt sofort auf, um sie ins Haus zu begleiten, und als meine Eltern das Tropenhaus verlassen, sagt er: »Luisa, für mich hört sich das alles sehr gut an. Es wäre wirklich fabelhaft, wenn der Verkauf klappen würde. Lotte wird schon noch vernünftig werden.«

Pah! Vernünftig werden! Für mich ist das keine Frage der Vernunft, sondern des Herzens, und das sagt mir ganz eindeutig, dass Ramona eine Gefahr für meine und Hannas Freundschaft ist!

»Ist es nicht eher dein Bauch oder die Galle, die dir diese Gefahr einreden?«, nimmt Stine meine Bedenken mal wieder nicht ernst, als wir am Abend telefonieren und ich ihr die Situation schildere. »Das klingt mir sehr nach unbegründeter Eifersucht.«

»Eifersucht kann ja sein, aber unbegründet ist sie bestimmt nicht. Ramona gafft doch Hanna ständig hinterher, seit sich ihre Eltern die Baustelle für die Stadtvillen angeschaut haben.«

»Lotte, weißt du, wie spät es ist?«

»Nö … zu spät?«

»Ja, auf jeden Fall zu spät, um solche Dinge zu besprechen. Ich finde außerdem, dass wir auch Hanna in die Diskussion einbeziehen sollten.«

»NEIN! Auf keinen Fall!«

»Aber warum denn nicht?«

»Ach, sie ist viel zu nett. Sie sagt garantiert, ich soll nicht immer so schwarzsehen, und am Ende lässt sie sich dann doch von Ramona einwickeln.«

»Das mit dem Schwarzsehen kann ich nur unterschreiben. Vor allem hast du einfach zu viel Fantasie. Du malst dir die schrecklichsten Dinge aus, dabei haben Ramonas Eltern das Haus noch nicht einmal besichtigt. Vielleicht ist es ihnen viel zu klein. Dann hast du dir ganz umsonst Sorgen gemacht.«

»Meinst du wirklich?«

»Was?«

»Na, dass sie unser Haus zu klein finden werden?«

»Mit so einer Stadtvilla von Violas Vater kann es ganz sicher nicht mithalten.«

»Dafür ist es aber viel billiger und kann sofort bezogen werden …«

»Mensch, Lotte! Jetzt hör auf! Lass sie das Haus doch erst mal ansehen, ehe du dir so einen Kopf darum machst. Wir haben schließlich im Moment ganz andere Probleme. Wenn wir nicht bis morgen Mittag eine Begleitlehrerin für die Klassenfahrt gefunden haben, sagt Bergmann die Reise ab. Dann kannst du die Ostsee vergessen. Nix ist mit tollem Gemeinschaftserlebnis!«

Ich zeige mich einsichtig, denn sie hat ja recht, obwohl ich die Sache mit dem Hausverkauf für genauso wichtig halte. Darum gefällt es mir ehrlich gesagt gar nicht, dass das gerade jetzt passieren muss, wo ich die Sache wegen der Klassenfahrt gar nicht kontrollieren kann.

Mist!

Aber das sage ich Stine natürlich nicht. Doch die kann anscheinend meine Gedanken lesen, jedenfalls kennt sie mich gut genug, um zu ahnen, was ich denke, denn sie sagt mahnend: »Lotte, misch dich doch nicht immer in alles ein. Die Erwachsenen wissen schon, was sie tun, und ob Hanna deine Freundin bleibt oder nicht, hängt ganz sicher nicht davon ab, an wen deine Eltern das Haus verkaufen. Und nur damit du die Kontrolle behalten kannst, jetzt vielleicht sogar die Klassenfahrt sausen zu lassen, das fände ich völlig daneben. Wir sind die GIRLS und haben uns vorgenommen, die Fahrt zu retten, reiß dich zusammen!«

Also murmele ich, zwar etwas halbherzig, aber mit deutlich weniger Gallebeimengung: »Okay, dann lass uns das Ding wuppen!«

In der Nacht habe ich einen wunderschönen Traum, der mich noch zusätzlich bestärkt, mich für die Klassenfahrt einzusetzen. Ich laufe bei strahlendem Sonnenschein mit Stine und Hanna am Strand entlang, in der Brandungszone fassen wir uns an den Händen und stürzen uns lachend in die Ostsee. Genau so soll es auf der Klassenfahrt sein, denke ich beim Aufwachen. Ein wunderschönes Gemeinschaftserlebnis. Wäre doch gelacht, wenn wir das nicht hinkriegen würden.

In der Schule knubbeln sich die Leute in kleinen Grüppchen im Flur vor der Klasse, und einziges Thema ist natürlich die Frage, wie wir die Klassenfahrt trotz Frau Weissgerbers Schwangerschaft retten können.

Stine und Rob erklären, dass wir jetzt die Lehrerinnen selber ansprechen wollen, was alle gut finden. Nur Viola hat eine andere Idee.

»Es könnte doch auch eine Mutter mitfahren«, schlägt sie vor.

»Deine vielleicht?«, pampt Marcel sie sofort wieder an. Aber auch ich kann dieser Vorstellung nichts Positives abgewinnen.

»Was dagegen?«, gibt Viola schnippisch zurück. »Dann bleib am besten hier. Mit Typen wie dir macht meine Mutter kurzen Prozess.«

»Da lache ich aber!«

»Leute, jetzt mal langsam«, mischt Rob sich nun in das Gezanke ein. »Das steht doch überhaupt nicht zur Diskussion. Die Idee an sich ist aber gar nicht schlecht, falls wir wirklich keine Lehrerin finden. Allerdings müssen wir die ja erst mal fragen. Danach sehen wir weiter. Ich fände übrigens eine unserer neuen Sportlehrerinnen als Begleitung total super.«

Da stimmen ihm alle Jungs zu, denn die sind beide nicht nur ziemlich attraktiv, sondern auch gut drauf. Wir Mädchen fänden das ebenfalls perfekt.

Nur unsere Sportlehrerinnen leider nicht.

Frau Herrmann fährt schon mit einer elften Klasse gleich zu Anfang des neuen Schuljahres, und Frau Dietrich nimmt mit den Cheerleadern an einem Contest in Bremen teil.

»Das geht leider vor. Zu einer anderen Zeit wäre ich gerne mitgefahren.«

»Echt blöd«, ist Stine sichtlich enttäuscht.

Hanna und ich haben leider ebenfalls keinen Erfolg gehabt, und als auch Rob nach der großen Pause mit schlechten Nachrichten kommt, sinkt meine Hoffnung in Richtung Erdmittelpunkt, wo sie ganz sicher im glühenden Inneren der Erde bald endgültig verdampfen wird.

»Alle haben stichhaltige Gründe«, sagt er, »doch ich werde das Gefühl nicht los, dass die nur vorgeschoben sind.«

Mir geht es genauso. Bei Hanna und mir hatten beide Lehrerinnen fast schon zugesagt, aber als sie dann hörten, dass wir aus der Klasse von Herrn Bergmann sind, sind sie mit fadenscheinigen Ausreden zurückgerudert.

»Bergmann muss denen mal richtig Ärger gemacht haben, denn sie waren durch nichts umzustimmen.«

»Und jetzt?«, fragt Rob. »Sollen wir doch Violas Idee aufgreifen und eine Mutter mitnehmen?«

»Also meine kann nicht«, wirft Hanna sofort ein. »Wegen der Zwillinge und wegen dem Hund. Sie muss ja, wenn ich nicht da bin, auch noch Flecki versorgen …«

Ich falle ihr ins Wort und schlage mir mit der flachen Hand an die Stirn. Ja sind wir denn deppert? Und schon rufe ich aufgeregt: »Hund! He, Leute! Wir haben Mrs Picklestone noch gar nicht gefragt!«

»Natürlich nicht«, kann Stine meine Aufregung gar nicht verstehen. »Grade wegen dem Hund. Die lässt doch ihre Emma nicht eine ganze Woche alleine. Außerdem mag sie unsere Klasse ja auch nicht so besonders.«

»Aber wir sollten sie trotzdem fragen. Sicher hat sie jemanden, bei dem sie Emma unterbringen kann. Zwiefalten muss ja seinen Hund auch irgendwo lassen.«

Also pilgere ich in der Freistunde mit Hanna zum Lehrerzimmer, um zu fragen, ob Mrs Picklestone mal kurz zu sprechen ist.

Ist sie. Aber mit uns auf Klassenfahrt möchte auch sie nicht.

»Ich würde Emma nie so lange alleine oder bei fremden Leuten lassen«, führt sie als Gegenargument an. Und obwohl wir uns das ja schon gedacht haben, will ich noch nicht aufgeben.

»Und wenn Sie Emma mitnehmen könnten? Würden Sie uns dann begleiten?«

Sie zögert. »May be«, sagt sie schließlich, »aber ich glaube nicht, dass es geht.«

Das glauben wir zwar auch nicht, aber als ich mit Hanna zur Klasse zurückgehe, beschließen wir, einfach mal Bergmann zu fragen, was er eigentlich mit seinem Hund während der Klassenfahrt macht.

»Den nehme ich natürlich mit«, sagt er trocken auf meine Frage am Ende der Mathestunde. Jetzt bin ich aber echt erstaunt.

»Und das geht so einfach?«

»So einfach nicht, aber ich habe mit dem Hausvater des Schullandheims gesprochen. Tiere gehören bei denen zum pädagogischen Konzept, und er hat es erlaubt. Rubber ist also sozusagen offizieller Programmbestandteil.«

»Ich habe eine Hundehaar-Allergie!«, blubbert Marcel in

die Klasse. Ich muss daran denken, wie Zwiefalten uns mit genau dem gleichen Argument den Tierbasar in der Schule vermiest hat, darum bin ich jetzt auf seine Reaktion echt gespannt. Wie ein Bungee-Seil nach dem Sprung. Hm, erstaunlich, wie cool er inzwischen mit Marcel umspringt. Auch jetzt sagt er ganz ruhig und sogar ohne seine Stirnfalten: »Dann schlage ich noch mal vor, dass du hierbleibst und am Unterricht der Parallelklasse teilnimmst. Es sei denn, du bringst von deinen Eltern eine Bescheinigung, dass sie dir die Fahrt erlauben, obwohl ein Hund dabei ist. Rubber wird sich seinen Aufenthalt übrigens auch verdienen müssen.«

Na, da bin ich mal gespannt, vielleicht als Wachhund zwischen dem Mädchen- und dem Jungenflur? Ich kichere bei dem Gedanken, während Bergmann sich erneut in der Klasse umschaut.

»Noch jemand, der Bedenken wegen des Hundes hat?«

Alle schütteln die Köpfe.

»Dann ist es ja gut«, sagt er.

Ich frage mich allerdings, ob der Hausvater wohl auch weiß, dass er nicht irgendeinen niedlichen Schoßhund, sondern ein kleines Kalb beherbergen muss.

Im selben Moment meldet sich Hanna mit einem Vorschlag: »Könnte die kleine Yorkshire-Hündin Emma von Mrs Picklestone nicht auch noch mitfahren? Dann würde nämlich Mrs Picklestone ebenfalls mitkommen, und wir hätten die erforderliche weibliche Begleitperson. Ach, bitte Herr Zwief… äh, Herr Bergmann, das kriegen Sie doch bestimmt hin.«

Da hat Hanna aber mal eine Überdosis Schleim versprüht.

Dennoch sieht Bergmann nicht so aus, als wäre er rasend begeistert, ausgerechnet die etwas altjüngferliche Mrs Picklestone als Begleitlehrerin dabeizuhaben.

Okay, dann muss ich ihm wohl mal die Alternative vor Augen führen.

»Von den anderen Lehrerinnen kann definitiv niemand. Wir haben alle gefragt. Das ist jetzt auch einfach viel zu kurzfristig«, erkläre ich ruhig den Sachverhalt, um dann ganz harmlos hinzuzufügen: »Es gäbe allerdings noch die Möglichkeit, eine Mutter mitzunehmen …«

Den Rest besorgt Viola selbst, in dem sie sofort in die Klasse ruft: »Meine Mutter würde das machen.«

Bergmann kriegt schlagartig seine zwei Stirnfalten an der Nasenwurzel. Und es ist klar, dass die nicht nur Violas Zwischenruf gelten, sondern ihn die Aussicht in Panik versetzt, *zwei* weibliche Wesen von Violas Sorte am Hals zu haben.

»Wir rufen nicht in die Klasse, Viola«, knurrt er aber nur, und zu mir sagt er: »Also gut, Lotte Lindberg, ich rede mit Mrs Picklestone.«

Gott sei Dank beendet die Schulklingel jede weitere Diskussion.

Ich stopfe mein Matheheft in die Schultasche und verlasse mit meinen Freundinnen die Klasse.

»Puh, das war knapp. Dann hoffe ich mal, dass der Hausvater Emma auch noch erlaubt und Mrs. Picklestone mutig genug ist, sich mit uns und Bergmann auf Klassenfahrt zu trauen.«

Ist sie! Also mutig genug. Sie traut sich wirklich. Ich bin verblüfft, denn so ein Entgegenkommen von ihr hätte ich ehrlich gesagt nicht erwartet. Das kann Bergmann ja in hundert Jahren nicht wiedergutmachen.

Zu Beginn der Englischstunde am nächsten Tag spricht Mrs Picklestone uns gleich von sich aus richtig nett auf die Klassenfahrt an.

»Ich freue mich sehr über euer Vertrauen«, sagt sie als Erstes. »Herr Bergmann hat mir gesagt, dass ihr mich gerne dabeihättet. Normalerweise fahre ich ja nur beim Schüleraustausch nach England mit, aber wenn man mich so freundlich bittet, vertrete ich Frau Weissgerber gerne.« Und dann schwärmt sie: »Ich liebe die Ostsee, und meiner Emma wird so ein kleiner Urlaub auch guttun.«

Hm, entweder hat Bergmann sie unter Drogen gesetzt oder er hat ihr das Blaue vom Himmel versprochen.

»Glaub mir, die wird sich noch wundern«, wispere ich Stine zu.

Aber die grinst nur und meint in ihrer trockenen Art: »Na und, Hauptsache, die Klassenfahrt findet statt.« Und als sie sich meldet und Mrs Picklestone sie drannimmt, sagt sie doch tatsächlich mal wieder voll cool: »Ich möchte mich auch im Namen der ganzen Klasse bedanken, dass Sie die Klassenfahrt gerettet haben. Das ist wirklich sehr nett von Ihnen.«

Mrs Picklestone wird nun direkt ein wenig verlegen, murmelt etwas von »positivem Gemeinschaftserlebnis«, das für den »Zusammenhalt« einer Klasse »doch so wichtig« sei, und fordert uns dann auf, die Englische-Grammatik-Hefte herauszunehmen. »Page sixtyfour, please, fill in the right forms …«

Als wir in die große Pause gehen, klatscht Rob mit Stine die Hände ab, und zu mir sagt er: »War mal wieder ein guter Schachzug, Lotte, Bergmann mit Violas Mutter zu drohen.«

»Ich habe nicht gedroht«, mache ich auf harmlos. »Ich habe doch nur erwähnt, dass, wenn ihm Mrs Picklestone nicht passt, auch eine Mutter mitfahren könnte. Konnte ich ahnen, dass Viola gleich ihre Mutter vorschlägt?« Bei den letzten Worten kann ich mir allerdings ein breites Grinsen nicht verkneifen.

Rob lacht auch. »Du bist manchmal ein ganz schön raffiniertes kleines Biest.«

Ich zucke die Schultern. »Verstehe ich nicht, wie kommst du denn nur auf so was?«

Stine hat natürlich unser kleines Geplänkel mitbekommen und schaltet sich nun auch lachend ein: »Auf Lotte ist eben immer Verlass! Je verfahrener eine Sache ist, je größer die Herausforderung, umso besser funktioniert ihr Gehirn.«

Okay, nennen wir es doch einfach beim Namen: *Erst aus Chaos wird das Genie geboren.* Einstein oder Newton oder der Dalai Lama, sage ich einfach mal so.

Mein innerer Lebenskompass kringelt sich, lässt seine Kompassnadel wie irre rotieren und verkneift sich jede Besserwisserei. Offenbar hat er allmählich begriffen, dass Lotte auch ohne seine weisen Ratschläge auskommt. *g* Also im Moment dulde ich ihn noch, aber nach den Ferien, wenn ich in die siebte Klasse versetzt werde, dann schicke ich ihn in den Ruhestand. Doch, mache ich, ihr werdet es sehen, ich komme schon alleine klar. Punkt!

Nachdem die Klassenfahrt nun also gerettet ist, unterstützt uns Frau Weissgerber nach besten Kräften. Sie hat einen großen Teil der Organisation übernommen und opfert darum, bevor es losgeht, noch einmal eine ganze Deutschstunde, um mit uns die Fahrt durchzusprechen und die Belegung der Zimmer zu klären.

Sie hängt eine Karte der Umgebung an die Tafel, auf der viel Meer und Strand zu sehen sind, sehr verheißungsvoll.

»Das Schullandheim liegt am westlichen Ende des Ortes Prerow, ganz nahe am Wald und Strand«, erklärt sie. »Von dort aus kann man wunderbare Radtouren unternehmen.«

»Wenn man ein Fahrrad hat!«, nölt Marcel gleich mal wieder in die Klasse.

»Wir wollen nicht in die Klasse rufen, Marcel«, ist Frau Weissgerber alles andere als amüsiert, »außerdem ist das kein Problem, denn Fahrräder kann man vor Ort leihen. Es stehen genügend Räder für euch zur Verfügung. Am besten nehmt ihr aber eure eigenen Fahrradhelme mit.«

»Und wenn ich nicht Fahrrad fahren will?!«, gibt Marcel immer noch keine Ruhe.

»Dann musst du zu Fuß hinterherlaufen«, sagt Frau Weissgerber trocken, ohne sich auf weitere Diskussionen mit Marcel einzulassen.

Gelächter! Der Punkt ging an sie.

»Ein besonders schönes Erlebnis ist die Radtour zum Leuchtturm am Darßer Ort. Den kann man sogar besteigen und hat dann einen herrlichen Blick über das Naturschutzgebiet.«

Sie hat eine kleine Diashow auf ihrem Laptop zusammengestellt und zeigt uns nun einige wirklich sehr schöne Fotos. Auf den Leuchtturm möchte ich total gerne mal raufsteigen.

»Der Strand von Prerow ist in wenigen Minuten durch die Dünen zu erreichen«, erzählt sie weiter. »Im Ort gibt es einen Supermarkt, Kioske, Restaurants und eine zauberhafte Teestube.«

Nun zeigt sie ein paar Bilder vom Schullandheim. Das sieht eigentlich sehr nett aus. Das Hauptgebäude hat ein Reetdach und blaue Fensterläden, und zwei moderne Anbauten enthalten die Schlafräume für die Schüler.

»Und dies hier ist das Grüne Klassenzimmer«, sagt sie schmunzelnd. »Da findet, wenn es nicht regnet, der Unterricht statt.«

»Unterricht?!«, blubbert Marcel in die Klasse. »Wieso Unterricht?«

»Wieso nicht?«, fragt Frau Weissgerber zurück. »Eine Klassenfahrt ist doch keine Verlängerung der Ferien. Ihr werdet natürlich im Schullandheim Unterricht haben – allerdings in Form von Projekten. Ich habe mit Herrn Bergmann einige Ideen für euch ausgearbeitet, aber da ich nun nicht selbst mitfahren kann, stimmen sich die Klassensprecher am besten noch mal mit ihm und Mrs Picklestone ab.«

Ein Stöhnen geht durch die Reihen. Das klingt ja echt nach Arbeit. Bergmann hat sich bestimmt irgendeine mathematische Teufelei ausgedacht.

»Die Teilnahme am Projekt ist freiwillig, ihr könnt euch also aussuchen, zu welchem Thema ihr arbeiten wollt. Die Ausflüge sind allerdings für alle verbindlich, weil wir die vorher buchen mussten.«

Jetzt sind wir aber neugierig und löchern Frau Weissgerber so lange, bis sie uns verrät, dass es unter anderem einen Ausflug mit einem alten Raddampfer geben wird.

»Ich denke, ihr werdet daran viel Spaß haben.«

»Muss ich da mitfahren?«, fragt Marcel schon wieder ungemeldet in die Klasse. »Ich werde immer seekrank und muss kotzen.«

»Solange du das in den Bodden machst, ist das wumpe«, antwortet ihm statt Frau Weissgerber Rob, dem Marcel wohl auch langsam auf den Zeiger geht. »Die Aale da drin fressen alles. Auch Moppelkotze.«

Die Klasse wiehert, und auch ich muss grinsen.

Dann wird es allerdings kritisch, denn es geht an die Zimmerverteilung, und schon gibt es Stress.

Viola will für sich und ihre Chicks mal wieder das beste Zimmer haben, wobei natürlich kein Mensch einen Schimmer davon hat, welches denn überhaupt die besten Zimmer sind.

»Mit Meerblick«, fordert sie. »Wir wollen ein Zimmer mit Meerblick.«

Frau Weissgerber lässt sich auf so eine Debatte gar nicht erst ein, sondern zieht sich aus der Affäre, indem sie die Klassensprecher beauftragt, für eine Einigung zu sorgen. »Wenn ihr mir dann das Ergebnis mitteilt, trage ich das in den Plan ein.«

Sie schickt Rob zum Kopienmachen ins Schulbüro, und als er wiederkommt, hocken sich Mädchen und Jungs mit den Raumplänen in getrennten Gruppen zusammen. Nur Marcel muss natürlich mal wieder provozierend fragen: »Wieso müssen die Jungs im Erdgeschoss wohnen und die Mädchen in der ersten Etage? Ich will auch in der ersten Etage ein Zimmer haben.«

Jetzt hat Rob aber endgültig genug: »Dann mach eine Geschlechtsumwandlung oder nimm am Unterricht der Parallelklasse teil, wie Herr Bergmann vorgeschlagen hat. Bei uns gibt's keine Extrawürste.«

Ähnliches erklärt Stine auch gerade Viola. Die brüllt zwar nicht andauernd in die Klasse, hat aber genügend andere zickige Anwandlungen. Der »Meerblick« ist nur eine davon.

»Welche Zimmer Meerblick haben, geht aus den Plänen leider nicht hervor«, erklärt ihr Stine gerade. »Das ist aber eigentlich auch gut so, dann bleibt es nämlich dem Zufall überlassen, wer ein solches Zimmer bekommt. Keiner wird also bevorzugt.«

Das gefällt Viola gar nicht. »Dann brauchen wir auf jeden Fall auch ein Vierbettzimmer!«

»Gibt es nicht. Nur Zwei- oder Dreibettzimmer.«

»Wir wollen aber alle vier zusammen in einem Zimmer wohnen.«

Stine betrachtet den Plan.

»Vielleicht zwei nebeneinanderliegende Zweibettzimmer?«

»Hast du Ohropax in den Löffeln? Ich sagte, wir wollen alle vier in *ein* Zimmer.«

Jetzt reißt mir aber ebenfalls der Geduldsfaden, und ich blaffe sie ziemlich genervt an: »Dann lass dir von deinem Vater eins anbauen! Wenn keine Vierbettzimmer da sind, gibt's eben keine.«

Ich habe mich mit Hanna schon auf ein Dreibettzimmer am

Ende des Flurs geeinigt. »Trag uns da ein Stine. Dann haben wir wenigstens unsere Ruhe.«

Stine will die Sache nun schnell erledigen, denn Rob ist schon fertig mit der Verteilung.

»Nun macht mal, Viola«, wird sie darum nun etwas unruhig. Stine erledigt Aufgaben gerne flott, und das lange Palaver geht ihr sichtlich auf die Nerven.

Sie wedelt Viola mit dem Raumplan vor den Augen herum.

»Hier, da ist ein ziemlich großes Dreibettzimmer, und das kleine Zimmer daneben ist frei. Vielleicht kann man ein Bett daraus in das andere Zimmer stellen. Wenn wir den Hausvater sehr nett fragen, dann erlaubt er es sicher.«

Viola stiert skeptisch auf den Plan. Das Zimmer fällt wirklich durch seine Größe auf, und es kann gut sein, dass früher sowieso mehr Betten darin gestanden haben.

»Was ist? Nun entscheidet euch, dann kann Frau Weissgerber vielleicht den Hausvater fragen.«

Nun schaltet sich Ramona ein. »Das ist doch ein guter Vorschlag von Stine, meinst du nicht auch, Viola?«

»Na gut, wenn es die einzige Möglichkeit für uns ist zusammenzubleiben, dann müssen wir es eben machen.«

Stine rafft in Windeseile den Raumplan an sich, trägt die Chicks in das Zimmer ein und stürzt dann zum Lehrertisch.

»Fertig«, schnauft sie und gibt Frau Weissgerber die Liste. Zu Hanna und mir sagt sie leise: »Jetzt können wir nur hoffen, dass der Hausvater zustimmt und das Zimmer Meerblick hat.«

Ab geht die Fahrt!

Lottes Ferientagebuch – Kapitel 3
in dem die Klassenfahrt aber so was von abgeht, das Schullandheim in Besitz genommen wird, Zickenzoff unvermeidbar ist und ich eine überraschende Begegnung habe, deren lebensrettende Bedeutung ich aber erst viel später begreife. Die Gegend ist sensationell, und die GIRLS sind in ihrem Element … Wasser, Sand und Sonnenschein!

Am Morgen der Abreise scheint tatsächlich die Sonne, und obwohl es erst sieben Uhr ist, verspricht es ein heißer Tag zu werden. In jeder Hinsicht. Als Herr Bergmann mit Rubber auftaucht, kriegen einige Eltern einen gehörigen Schreck und tuscheln darüber, ob dieser Monsterhund wirklich mitfährt.

»Er fährt mit«, sagt unser Klassenlehrer schließlich in das Getuschel hinein. »Um hier gleich Klarheit zu schaffen, Rubber und auch die Yorkshire-Hündin von Mrs Picklestone werden aus pädagogischen Gründen mitkommen. Ich hatte das im letzten Elternbrief mitgeteilt.«

»Ja, aber Sie haben nicht erwähnt, dass Ihr Hund … äh … ein Monster … äh … ein Kalb ist …«

»Genau, der ist ja zum Fürchten. Mein armer Junge!« Das sagt ausgerechnet Marcels Mutter.

»Ihr armer Junge ist auch zum Fürchten«, gibt Bergmann jedoch nur trocken zurück. »Aber Sie können gerne noch von der Fahrt zurücktreten, die Kosten kriegen wir schon geregelt.«

Er wendet sich gelassen den anderen Eltern zu. »Das gilt übrigens für alle. Ich habe im Elternbrief die Mitfahrt der Hunde angekündigt und auch gebeten, sich bei Einwänden an mich oder Mrs Picklestone zu wenden. Davon hat niemand Gebrauch gemacht.«

Als das Volksgemurmel immer noch nicht verstummen will, fühle ich mich herausgefordert, Bergmann und Rubber ein wenig zu unterstützen. Ich trete spontan zu dem Hunderiesen, nehme meinen ganzen Mut zusammen und tätschele ihm den großen Kopf, worauf er mir dankbar über die Hand leckt. Uuuh, da klebt jetzt ein halber Liter Hundesabber dran.

»Sehen Sie, er ist ganz friedlich«, sage ich und bin selbst über mich erstaunt. »Er wird uns wunderbar beschützen, wenn wir durch abgelegene Gegenden wandern.«

Das Gemurmel ebbt ab, und ich nehme dankbar die von Hanna angebotenen Hygienetücher zwecks Entsabberung meiner Pfoten an. Das Gepäck wird verstaut, und nach Umarmungen, festem Händedruck oder Küsschen entern wir den Bus.

Hanna und ich sitzen nebeneinander, und Stine hat den Platz auf der anderen Seite des Ganges in derselben Reihe ergattert. Ich will mich grade zufrieden zurücklehnen, als sich ausgerechnet Marcel hinter Stine pflanzt und mich sofort schräg über den Gang hinweg anquasselt. Ich bin sicher, dass ich einen Hörsturz kriege, wenn der drei Stunden so weitermacht.

»Na, Lolli, haste auch deinen Bikini eingepackt?« Dabei kichert er irgendwie dreckig. Doch ehe ich passend antworten kann, tritt Rob neben ihn und schiebt Marcel einen Sitz weiter. Dabei sagt er: »Rutsch mal, ich möchte hinter Stine sitzen. Wir haben noch ein paar wichtige Punkte für das Freizeitprogramm zu besprechen.«

Er sagt das so bestimmt, dass Marcel tatsächlich verdattert ans Fenster rutscht. So wäre er prima kaltgestellt gewesen, aber er quetscht sich aus der Reihe und setzt sich zu Kevin. Was mir sogar noch besser gefällt. Der Typ kann nicht weit genug von mir weg sitzen. Rob ist wirklich ein Schatz. Als Knut sich nun auf den freien Platz neben ihn pflanzt, bin ich total zufrieden.

Leider stürmen dann die Chicks die Reihe vor uns, und vor Hanna pflanzt sich ausgerechnet Ramona. Grumpf! Dabei hätte ich meine Probleme gerne zu Hause gelassen. So wird das wohl nix.

Als alle endlich ihre Plätze gefunden haben und auch die Lehrer ihre Hunde untergebracht haben, geht Bergmann noch einmal kontrollierend durch die Reihen.

»Nimm den Kaugummi aus dem Mund, Marcel.«

»Den muss ich kauen, der ist gegen Reisekrankheit. Sonst muss ich kotzen.«

»Wann musst du eigentlich mal nicht kotzen?«

Marcel will beleidigt losblubbern, aber Rob stoppt ihn:

»Nein, behalte es für dich, will hier garantiert niemand wissen – ist bestimmt wieder irgendeine Ferkelei!«

Bergmann grinst, was bei ihm äußerst selten vorkommt, als er zu Rob sagt: »Behalte mir den Burschen etwas im Blick.« Und Marcel knurrt er barsch an: »Wehe, du klebst den Kaugummi unter den Sitz! Ich werde das nach dem Aussteigen kontrollieren.«

Marcel kriegt einen roten Kopf, und als Bergmann weitergeht, sehe ich ihn unter seinem Sitz hantieren und bin mir sicher, dass er versucht, schleunigst einen Kaugummi abzukratzen, den er da bereits hingepappt hat. Wirklich Ferkel!

Nach dem Kontrollgang stellt uns Bergmann den Fahrer, Herrn Heinze, vor, der ebenso wie Mrs Picklestone ein paar nette Worte an uns richtet. Mrs Picklestone trällert etwas von »schönem Gemeinschaftserlebnis«, und der Fahrer fragt, welche Mucke er auflegen soll. Beiden spenden wir einen kräftigen Applaus.

Dann geht die Klassenfahrt tatsächlich los. Wenn man bedenkt, dass vor zwei Wochen fast alles ins Wasser gefallen wäre …

Wir GIRLS grinsen uns an und strecken die Daumen hoch. Wer hat's gemacht – GIRLS! GIRLS! Und natürlich Rob! Ich grinse zu ihm rüber, und unsere Blicke treffen sich, so als hätte er genau das Gleiche gedacht. Quasi Gedankenübertragung! Sagte ich schon, dass er die schönsten braunen Teddybär-Augen der Welt hat?

Nun ja, auch die schönsten Teddybär-Augen im Nacken zu haben, ist mit gewissen Problemen verbunden. Zwar treiben sie einem nicht wie Marcels Geblubber Pickel, aber doch eine ziemliche Hitze ins Gesicht. OMG, das kann doch nicht die ganze Woche so weitergehen? DICKES FELL!, zeigt mein Lebenskompass an. Ich kapiere nicht sofort. Was haben die Hunde mit meinen Hitzewallungen zu tun? ZULEGEN!

Ach so, ich soll mir ein dickes Fell zulegen. Als wenn das so einfach wäre. Schließlich verursacht Rob bei mir ja nicht nur eine rote Rübe, sondern auch mein Herz gerät ständig aus dem Takt. Es fängt mit einem leichten Flimmern an, und dann klopft es so heftig, dass es bestimmt jeder in meinem näheren Umkreis hört. Bumbudibum …

»Ist was?«, fragt Hanna. »Du bist so schweigsam …«

»Äh, nein, äh, ja … ich meine, die Chicks gackern ja genug, da muss ich nicht noch mitmischen …«

Okay, Rob ist nicht das einzige Problem. Auch, dass Ramona direkt vor Hanna sitzt, beunruhigt mich. Wirklich. Sie ist zwar nicht so hysterisch und aufgedreht wie Viola, aber als sie sich, kaum dass der Bus angefahren ist, zu Hanna umdreht und ein Gespräch mit ihr anfängt, könnte ich auch deswegen Pickel kriegen.

LASS ES!, mahnt mein Lebenskompass, womit er recht hat. Frau muss die Pubertät ja nicht übertreiben. Pickel sind einfach ätzend … noch ätzender als Ramona und Marcel zusammen. Davon habe ich in letzter Zeit eh schon genug gekriegt.

Aber es ist dann doch das Thema, über das Ramona mit Hanna spricht, das mich zum Lauschen verleitet. Denn es geht natürlich – um unser Reihenhaus. War irgendwie klar, macht es aber auch nicht besser.

»Stell dir vor, Hanna, wir werden vielleicht bald Nachbarn«, sagt Ramona in aller Harmlosigkeit. Worauf ich fast einen Herzkasper kriege, Hanna aber nur nickt.

»Ja, weiß ich, wollt ihr die Stadtvilla von Violas Vater wirklich kaufen?« Ach, die naive Seele, sie hat die neuste Entwicklung ja noch gar nicht mitgekriegt. Ich fange einen warnenden Blick von Stine auf, während Ramona den Kopf schüttelt.

»Wahrscheinlich doch nicht. Da gibt es ein paar Probleme mit dem Grundwasser, meinen Eltern dauert das zu lange … wird auch noch teurer dadurch …«

Ich sehe, wie Viola lange Ohren macht und von ihrem Platz zu Ramona rüberschielt.

»Meine Eltern besichtigen am Wochenende das Haus neben euch.«

Nun ist Hanna verwirrt.

»Wie, die Ecksteins wollen verkaufen?«

»Welche Ecksteins? Ich dachte … also meine Mutter hat gesagt … Lottes Eltern …«

Nun mische ich mich ein.

»Genau, und wir haben ja schon länger annonciert und eigentlich auch schon einen Käufer. Aber deine Mutter wollte unser Haus ja unbedingt besichtigen …« Und so cool ich nur kann, füge ich abschließend hinzu: »Ich würde mir an deiner Stelle da aber keine großen Hoffnungen machen.«

Stine beugt sich zu mir und zischt: »Was soll das, Lotte?«

Ich will grade zu einer Erklärung ansetzen, als Hanna sagt: »Schade, Lotte, das wäre doch echt ein lustiger Zufall, wenn das geklappt hätte.«

Hahaha, sehr lustig.

»Das ist doch wirklich kein Thema für die Klassenfahrt«, zischele ich Stine zu. Die zuckt schweigend die Schultern. »Ist doch auch wirklich noch kein bisschen spruchreif.«

»Meine Mutter klang eigentlich ganz optimistisch«, wirft Ramona nun ein. Aber da kommt mir Viola zu Hilfe.

»Mein Vater meint, dass es bald weitergeht. Ihr habt doch schon einen Optionsvertrag mit ihm ... und ehrlich, Ramona, ein moderner Neubau ist doch tausendmal schicker als so ein Reihenhaus. Ich bin ja mal in Lottes Zimmer gewesen ...«, sie grinst zu mir rüber, »das ist doch kaum größer als mein begehbarer Kleiderschrank. Du hast wirklich was Besseres verdient, Ramona!«

Jetzt ist allerdings Hanna angefasst und knurrt: »Misch du dich doch nicht in alles ein, Viola. Wir haben dasselbe Haus und genügend Platz für drei Kinder und Hund und Meerschweinchen.«

Viola schüttelt den Kopf und sagt dann arrogant über die Schulter: »Na ja, wenn man genügsam ist. Aber falls Ramona jetzt wieder modelt, braucht sie alleine schon für ihre Klamotten deutlich mehr Platz.«

Oh, ich hätte ihr so was von an die Gurgel hüpfen können. Wie kann sie es wagen, so mit meiner Freundin zu sprechen! Ich bin richtig geladen, als ich Stines Hand auf meinem Knie spüre. Gleichzeitig mahnt mein Lebenskompass: *COOL DOWN!*

Na, wenigstens hat Viola mit dem Modeln jetzt ein neues Thema gefunden, was von uns niemanden interessiert. Sollen die Hühner doch darüber weitergackern. Ich pfriemle mir die iPod-Stöpsel in die Ohren, schließe die Augen und ziehe mich aus der Welt zurück. Warum soll ich mich jetzt schon mit den Chicks streiten – dazu haben wir schließlich noch eine ganze Woche Zeit.

Okay, als der Bus nach knapp drei Stunden Fahrt am Schullandheim vorrauscht und unsere Klasse dort ausspuckt, geht der Zoff allerdings doch schon los.

Alle stürzen an die Gepäckfächer, um nur ja schnell ihre Taschen, Koffer und Rucksäcke zu ergattern und dann die Zimmer zu stürmen.

Nach einem kurzen Willkommensgruß des sympathischen Hausmeisters strömt alles auf die Flure, und sofort hallt das Geschrei durch den ganzen Anbau, als die Chicks feststellen, dass ihr Zimmer nur drei Betten hat – und keinen Meerblick!

»Ich denke, du hast das mit Frau Weissgerber geklärt, Stine«, kreischt Viola. »Wo ist das vierte Bett? Und wo ist der Meerblick?«

»Das vierte Bett kommt sicher noch, und Meerblick war nicht ausdrücklich inbegriffen. Das ist dir doch klar gewesen«, bleibt Stine von ihrem Gezeter unbeeindruckt. Ich muss innerlich grinsen.

Wenn jemand so erpicht auf seinen Vorteil ist, dann spielt das Schicksal manchmal extra nicht mit. Da hat Viola mal wieder eindeutig zu hoch gepokert. Gut gemacht, liebes Schicksal, denke ich und freue mich noch mehr, als ich feststelle, dass unser Zimmer am Ende des Gangs sogar zwei Fenster über die ganze Breite hat. Und das Tollste ist, dass man von denen einen herrlichen Blick auf die Dünen, das Meer, den Strand und die Spitze eines Leuchtturms hat.

Beim Betreten des Zimmers stockt uns angesichts dieses Panoramas erst mal der Atem.

»Wie wunderschön«, seufzt Hanna schließlich. »Traumhaft!«

Dem können Stine und ich uns nur anschließen. Strahlender Sonnenschein, hellblauer Himmel, dunkelblaues Meer darunter und märchenhaft weißer Sand versprechen wirklich fantastische Ferientage.

Schnell haben wir uns über die Betten geeinigt, und als ich mein Zeug auspacken will, stelle ich fest, dass ich meinen Wanderrucksack mit dem Fahrradhelm im Bus vergessen habe.

»Bin gleich wieder da«, rufe ich meinen Freundinnen zu und sause nach unten in den Vorhof, wo der Busfahrer sich bereit macht, den Platz für einen gerade ankommenden Bus zu räumen.

Er hat meinen Rucksack auf eine Bank gestellt. Als ich ihn über meine Schulter hänge, tritt plötzlich ein Mädchen an die Bank heran, das ich überall auf der Welt, aber nicht hier erwartet hätte.

Es hat den ganzen Kopf voller Dreads, trägt ein Batik-T-Shirt und einen bunten langen Folklore-Rock, unter dem die Spitzen von Cowboy-Boots hervorlugen. Ich muss schlucken, so überrascht bin ich. Schließlich finde ich doch meine Sprache wieder.

»Céline?!«

»Lotte?«

Einen Moment herrscht verwirrtes Schweigen zwischen mir und meiner ehemaligen Klassenkameradin.

»Was, was machst du denn hier?«

»Und du?«

Wir müssen beide lachen.

»Klassenfahrt«, sage ich kichernd.

»Ich auch …«

Ich bin spontan begeistert! Anfang des Schuljahres war Céline eine kurze Zeit bei uns in der Klasse. Sie wohnte im Internat unserer Schule, fühlte sich da aber nicht sehr glücklich. Ihre Eltern sind nämlich Forscher, und sie ist im Regenwald aufgewachsen. Wie ein Urwaldbäumchen, das man auch nicht einfach so verpflanzen kann. Natürlich haben ihr die Eltern ganz schrecklich gefehlt. Die sind dann, nachdem wir ein wenig nachgeholfen haben, bald auch nach Deutschland gekommen. Jetzt lebt Céline mit ihnen in Berlin, wo sie an einem Forschungsprojekt arbeiten. Sie ist ein ganz besonderes und eigenwilliges Mädchen, und ich habe noch sehr oft an sie gedacht, aber nie geglaubt, sie jemals wiederzusehen. Umso größer ist nun meine Freude, ihr hier so überraschend gegenüberzustehen.

»Das ist ja toll, dass deine Klasse auch hier ist …«

»War.«

»Wie jetzt?«

»Na, WAR – meine Klasse *war* hier. Eine ganze Woche. Aber nach dem Mittagessen reisen wir wieder ab. Die Zimmer haben wir schon für die Neuen geräumt. Die sind auch von meiner Schule, aber eine Siebte.«

»Ach, wie schade«, macht sich mein ehrliches Bedauern Luft. Ich bin traurig – grade wiedergefunden und schon wieder verloren … blöd.

Céline sieht meinen Blick, spürt wohl meine Traurigkeit

und fasst spontan nach meiner Hand. Sie zieht mich in Richtung Strand.

»Komm, wir verduften mal kurz. Die kommen auch ohne uns mit ihrem Ankunfts- und Abfahrtstrubel klar.«

Ich zögere, umklammere den Rucksack mit der freien Hand. Eigentlich müsste ich doch den GIRLS schnell Bescheid sagen ... die fänden ein Wiedersehen mit Céline bestimmt auch total interessant ... obwohl Hanna unser Urwaldmädchen ja immer etwas unheimlich fand. Schon wegen der Schrumpfköpfe, die sie angeblich sammelte. *g*

Aber Céline zerrt mich einfach hinter sich her. So wie immer, spontan und geheimnisvoll, ohne viele Worte.

Hinter dem Haus bleibe ich jedoch für einen Moment stehen und fische mein Handy aus der kurzen Jeans. Wenigstens eine WhatsApp muss ich meinen Freundinnen schicken, bevor ich kein Netz mehr habe.

»Okay, dann mach«, zeigt Céline Verständnis. »Geht immer noch nichts ohne deine Girls, was?«

Ich schüttle den Kopf. »Nee, gar nichts! Wir haben inzwischen sogar eine Band gegründet.«

»Wow! Das klingt cool.«

»Ist es auch.«

Ich tippe meine Message: *Bin mal kurz weg. Stellt euch vor, ich habe Céline getroffen! Bis bald! Lotte.*

Die Antwort kann ich nicht mehr abwarten, denn Céline drängelt und zieht mich einfach den Strand entlang in Richtung Nordwesten, wo der markante Leuchtturm steht, den ich schon vom Fenster unseres Zimmers aus entdeckt habe.

»Willst du meinen geheimen Ort sehen?«, fragt sie. Ich muss

grinsen. Das ist wieder typisch Céline. Sie und ihre geheimen Orte. Sogar im Schullandheim hat sie nach einem Rückzugsort gesucht. Geheimniskrämerin.

Ich lasse mich also von ihr durch den Küstenwald lotsen. Die Bäume sind hier niedrig, verkrüppelt und windschief – dazwischen viel wirr herumliegendes Bruchholz, welches offenbar die Stürme zurückgelassen haben, die vom Meer landeinwärts peitschen. Im Naturpark räumt man so etwas ganz bewusst nicht weg. Die Natur soll sich ganz frei in dem ihr eigenen Rhythmus entwickeln. Werden und Vergehen ganz im Einklang mit den natürlichen Lebenszyklen, den Jahreszeiten und den Witterungsbedingungen. So hat es uns jedenfalls Frau Weissgerber bei der Vorbereitung der Klassenfahrt erklärt.

Wir krabbeln über Totholz hinweg, laufen über samtweiche Moosteppiche, waten durch abgefallene Kiefernnadeln, aus denen sich an manchen Stellen Ameisen riesige Burgen gebaut haben. Es ist abenteuerlich, aber noch abenteuerlicher ist die Frage, wo Céline mich wohl hinführt? Ich werde langsam ungeduldig.

»Ich muss auch mal wieder zurück«, sage ich.

»Wir sind gleich da.«

Hinter Dickicht verborgen stehen wir plötzlich vor einem Klotz aus Beton. Quadratisch, praktisch und irgendwie *nicht* gut, sondern eher unheimlich. Auf der dem Land zugewendeten Seite befindet sich eine verrostete Eisentür. *Betreten verboten! Lebensgefahr!* steht auf einem Schild.

Céline kümmert sich nicht darum. Da hat sie sich kein bisschen verändert. Vorschriften waren für sie immer schon da, um missachtet zu werden. Sie klettert auf den grauen Klotz.

Ich glaube mich zu erinnern, dass auf den Fotos, die uns Frau Weissgerber gezeigt hat, ehemalige Bunkeranlagen die Rede zu sehen waren, die hier im Zweiten Weltkrieg für ein Küstenbollwerk errichtet wurden. Vermutlich hat dieses hässliche Ding, das hier die Natur stört, auch dazugehört.

Was will Céline nur an so einem gruseligen Ort? Die Landschaft kann man doch sicher an romantischeren Stellen genießen.

Oben auf der Plattform zerrt sie mit ganzer Kraft eine Art runden Deckel zur Seite, ähnlich groß und schwer wie ein Kanaldeckel. Darunter kommt ein Loch zum Vorschein. Hm, vielleicht ein ehemaliger Ausguckposten?

Céline ist schlank genug, um in diesen Einstieg hineinzupassen. Schon steckt sie halb darin.

»Komm, Lotte! Schiss-Hase!«

Sie benimmt sich noch genauso wie damals, als sie mich in das Abbruchhaus im Altstadtviertel gelockt hat. Noch jetzt ruft die Erinnerung daran eine leichte Gänsehaut bei mir hervor, obwohl es heute richtig heiß ist. Aber ich lasse mich nicht provozieren und schon gar nicht mehr zu Dingen verleiten, die ich eigentlich nicht will. In so ein dunkles unbekanntes Loch will ich an einem so herrlichen Tag, dem ersten im Schullandheim, hundertpro nicht hineinsteigen.

»Ich gehe da nicht runter, Céline!«, sage ich also tapfer. »Es ist ausdrücklich verboten und außerdem gefährlich. Du kannst mir ja erzählen, wie es darin aussieht.«

»Dann nicht, Lotte«, sagt sie ohne jeden weiteren Kommentar, klettert heraus und schiebt den Deckel wieder über die Öffnung.

Wir setzen uns nebeneinander an den Rand des Bunkerdaches.

Man hat einen wunderschönen Ausblick auf die Darß-Halbinsel. Die dunkelgrünen Kiefernwälder und den endlosen Sandstrand, der sich bis in den Norden der Halbinsel um sie herumschlängelt.

»Schade, dass ich abreisen muss, Lotte«, sagt Céline und schaut dabei über die Ostsee zum Horizont, der wolkenlos in der Sonne liegt. Ein silberner Streifen zwischen Himmel und Wasser. Traumhaft.

»Von hier führt ein ganzes Tunnelsystem bis zu einem großen Bunker im Wald hinter dem Schullandheim.«

»Sag nicht, da bist du alleine hingekrabbelt?«

»Man muss nicht krabbeln. Es ist ein gut ausgebautes Gangsystem, in dem man fast überall aufrecht laufen kann. Ein bisschen verwinkelt, aber, wenn man es kennt, kein Problem.«

»Bestimmt eine Anlage aus dem Zweiten Weltkrieg«, sage ich und bin mir jetzt eigentlich ziemlich sicher.

»Bei der Hitze hier war der Bunker ein wunderbar kühler Fleck«, sagt Céline, ohne näher darauf einzugehen. »Du weißt ja, Lotte, ich brauche immer einen Rückzugsort, wo ich mal alleine sein kann.«

Ich nicke und denke, dass Céline wirklich das eigenartigste Mädchen ist, das ich in meinem Leben bisher kennengelernt habe. Bei uns in der Klasse war sie ein fremdartiges Chamäleon, welches ständig seine Stimmungen wechselte. Mal in sich gekehrt, dann provokativ und irgendwie sperrig und auf jeden Fall total durchgeknallt. Erst später habe ich begriffen, dass sie sich im Internat sehr alleine fühlte. Ihr fehlte die vertraute Umgebung des Regenwaldes ebenso wie ihre Eltern und die Indianer des Stammes in Ecuador, bei denen sie seit ihrer frühesten Kindheit gelebt hat. Einen Indianer vermisste sie ganz besonders, einen, der erst wie ein Bruder für sie war und später ein Freund wurde, nach dem sie sich nun sehnt. Ich denke an das tolle Projekt, bei dem wir Spendengelder für den bedrohten Regenwald im Reservat seines Stammes gesammelt hatten.

»Wie geht es den Bäumen, die wir für euren grünen Schutzwall gegen die Ölfirmen gespendet haben?«, frage ich. »Blühen sie schon?«

Sie nickt. »Ja, ein paar schon. Sie wachsen rasch, und der Lebenszyklus ist im Dschungel schneller … ein ewiger Kreis … Wachsen … Blühen … Früchte tragen … Wir bekommen immer wieder Fotos …«

»Und hast du von Cauac gehört?«, frage ich sie nun direkt nach dem Indianerjungen, den sie in ihrem Herzen trägt. Sie schweigt auf meine Frage. Wieder fremdelt sie wie früher. Also erinnere ich sie an das Vertrauen, das sie mir bei unserem Abschied entgegengebracht hat, als sie mir ihren geheimen Ort in unserer Altstadt zeigte. Es war kurz vor der Übersiedlung nach Berlin. Ich erzähle ihr, dass das Fachwerkhaus abgerissen wurde und ein moderner Neubau an seiner Stelle entsteht.

»Es war toll von dir, dass du uns deine geheime Wohnung für den GIRLS-Club geschenkt hast. Leider konnten wir nicht alles retten, was du noch darin gelassen hast. Aber der Traumfänger hängt jetzt in meinem Zimmer in der Villa.«

Dass Stine die Schrumpfköpfe als Andenken mitgenommen hat, behalte ich für mich.

Sie lächelt. »Eins habe ich hier gelernt: Nur wenig hat in dieser Welt Bestand … das Leben ist schnell … es geht über vieles hinweg … wir eilen mit ihm und müssen dabei immer wieder etwas zurücklassen … das ist traurig, aber nur so können wir Neues gewinnen.«

Ich nicke.

»Mama und ich sind übrigens zu meinem Papa in die Villa gezogen, und jetzt verkaufen wir unser Reihenhaus. Es ist, wie du sagst: Wenn wir Neues gewinnen wollen, müssen wir Altes zurücklassen.«

»Ich habe übrigens euer Tropenhaus geliebt. Es war ein bisschen Heimat für mich«, erinnert sich auch Céline an unsere kurze, aber intensive gemeinsame Zeit. Sie hat die Stimme gesenkt, und es klingt sehr innig, wie sie über Papas kleines Paradies spricht. Ich wette, es war auch für sie etwas Ähnliches.

Ich schaue auf die Uhr. »Wir müssen zurück, Céline. Es war sehr schön, dich getroffen zu haben. Gefällt es dir denn in Berlin?«

Sie schüttelt ihre Rastas.

»Es war ganz okay, Lotte. Alles hier war ganz okay, nur ich gehöre hier nicht hin und meine Eltern auch nicht mehr. In zwei Monaten werden wir wieder nach Ecuador in unser Regenwaldprojekt zurückkehren und die Indianer dort weiter gegen die Erdölfirmen unterstützen.«

»Das ist ja wunderbar«, bricht es spontan aus mir heraus, denn ich freue mich wirklich für sie. »Dann siehst du Cauac ja schon bald wieder.«

Sie lächelt und steht auf. Wieder entzieht sie sich meiner Neugier und fragt stattdessen beiläufig: »Und was ist mit dir und Rob? Ist ein neues Baumhaus geplant, oder wo habt ihr euren geheimen Ort?«

Ich merke, wie mir Hitze in die Wangen steigt.

»Wir … äh … brauchen … so etwas nicht … also nichts Äußerliches … meine ich.«

»Aber jeder Mensch braucht einen geheimen Ort.«

»Das kann sein«, stimme ich ihr zu, »aber er sieht bei jedem anders aus. Bei dir anders als bei Rob und mir. Ich glaube, wir tragen unseren geheimen Ort in uns …« Ich lege meine Hand auf mein heftiger pochendes Herz. »Hier ungefähr …«

Kurz bevor wir das Schullandheim erreichen, nehmen wir uns noch einmal fest in die Arme.

»Ich wünsche dir alles Glück dieser Welt, Céline.«

»Ich dir auch, Lotte. Unser Versprechen steht – irgendwann kommst du mich in Ecuador besuchen, dann zeige ich dir meine Welt. Danke, dass du mir ein Stück von deiner geschenkt hast. Es hat mir hier sehr geholfen.«

Wir trennen uns vor dem Eingang, und obwohl ich noch mehrmals nach ihr Ausschau halte, sehe ich sie nicht wieder. Nur der Berliner Bus fährt nach dem Essen vom Parkplatz, und in meiner Fantasie sehe ich aus einem seiner Fenster die Ecuadorianische Flagge flattern, die Céline im Internat immer in ihrem Fenster hängen hatte. Okay, wenigstens war es kein Schrumpfkopf. *g*

»Ich hätte sie gerne auch noch einmal gesehen«, sagt Stine, als ich den GIRLS beim Mittagessen von dieser überraschenden Begegnung berichte. »Aber ich bin froh, dass es ihr gut geht und sie wieder zurück in den Regenwald zieht. Da gehört sie meiner Meinung nach hin, und da wird sie glücklich werden.«

Hanna nickt stumm und mit vollem Mund. Sie hat sich so vor Célines Schrumpfköpfen geekelt, dass sie nie einen wirklichen Zugang zu ihr gefunden hat. Dabei waren die doch gar nicht echt und nur ein Gag, mit dem sie sich in der Klasse interessant gemacht hat.

Ich denke an Cauac und freue mich, dass sie bald wieder mit ihm vereint ist. Als mein Blick zufällig Rob streift, gerate ich ins Träumen … Da ist plötzlich ein Baumhaus vor meinem inneren Auge, hoch oben in den Wipfeln eines Urwaldriesen … Nein! Wir schwingen uns da nicht an Lianen wie Tarzan und Jane durch die Gegend – das wäre ja wohl megapeinlich. Ich kriege einen roten Flash, und mein Herz pocht wieder einmal unnatürlich laut.

Da steht er plötzlich neben mir.

»Wollt ihr noch Kartoffelbrei? Wir haben auch Buletten übrig …«

Ich plumpse zurück in die profane Realität der Gegenwart und muss erst mal kräftig lachen.

»Immer her damit«, sagt Stine und langt kräftig zu, während ich Rob angrinse und denke, dass wir alle zusammen hier eine richtig gute Zeit haben können.

Nach einer kleinen Mittagspause, in der ich mit den GIRLS auf dem Zimmer relaxe und mich noch mal nach Céline ausfragen lasse, bekommen wir eine Hausführung und die Chicks endlich ihr viertes Bett. Auch ohne Meerblick ist ihr Zimmer schön, hell und gemütlich, und für die neugierigen Hühner hat es sogar den Vorteil, dass sie von dort aus einen prima Blick auf den Anbau haben, in dem die Jungs aus der Berliner Siebten wohnen. Die haben die Chicks nämlich schon bei ihrer Ankunft in helle Aufregung versetzt.

»Oje«, sage ich zu Hanna, als wir an der weit offenen Tür ihres Zimmers vorbeigehen und alle vier Hühner gackernd im Fenster lehnen sehen. »Das sieht mir ja sehr nach Jungsalarm aus!«

Während Stine und Rob mit Bergmann und Mrs Picklestone noch einmal die Programmplanung durchsprechen und aktualisieren, erkunden Hanna und ich mit der kleinen Yorkshire-Hündin unserer Englischlehrerin die nähere Umgebung des Schullandheims. Hanna vermisst ihren Flecki sehr und freut sich genauso wie Emma über den gemeinsamen Spaziergang.

»Findest du nicht, dass Mrs Picklestone Emma etwas zu viel betüddelt? Wie eine Mutter mit ihrem ersten Baby. Ich glaube, sie denkt, dass so ein kleiner Hund ganz leicht kaputtgeht und sie ihn deswegen am liebsten immer in der Hundetasche bei sich tragen würde.«

Ich muss grinsen, denn es hat in der Tat etwas Überredungskunst gekostet, Emma von ihr loszueisen. Aber so munter wie diese nun an der Laufleine herumdüst, war es das Beste für sie.

»Yorkies sind doch ganz robust, obwohl sie so klein sind. Das wird Mrs Picklestone ganz sicher noch merken. Der Aufenthalt hier ist auf jeden Fall für beide genau das Richtige.«

Wir befinden uns nun im Sportbereich, wo zwei schöne

Beachvolleyball-Felder angelegt sind und mehrere Tischtennisplatten schon von Spielern belagert werden. An einem Basketballkorb sehe ich Knut Probewürfe machen, die fast alle ihr Ziel treffen. Er ist ja auch einer der besten Torjäger unserer Schulmannschaft.

»Na, Lolli, darf Mann mal lutschen«, pflaumt mich Marcel natürlich sofort wieder eklig an, als er uns entdeckt, und kickt mir eine leere Getränkedose vor die Füße.

Ohne auf seine blöde Anmache einzugehen, schlendern wir an ihm und seinen Dumpfbacken Kevin und Ratz vorbei. Wenn Dummheit wehtäte, müssten die ständig aua schreien.

Er setzt grade zur nächsten frechen Bemerkung an, als ihm – zack – ein Basketball an die Rübe fliegt. Ich sehe Knut den Daumen hochstrecken und muss lachen, als Marcel sich wutschnaubend umdreht.

»Pass doch besser auf, wo du hinwirfst, du Asi!«, schnauzt er Knut an.

»Und du besser, was du sagst«, gibt dieser unbeeindruckt zurück, fischt sich den Ball, grinst uns zu und trainiert dann weiter Korbwürfe.

Mit ein paar unschönen Ausdrücken machen sich Marcel und seine Leute vom Acker. Na, der wird uns sicher noch Freude bereiten …

Etwas abseits von den Gebäuden entdecken wir eine Art Forum im Grünen. Eine Infotafel erklärt uns, dass es sich um das »Grüne Klassenzimmer« des Schullandheims handelt.

»Wow, dass sieht ja noch viel besser aus als auf den Fotos!«, rutscht es mir spontan heraus. »So gar nicht nach Schule –

guckt mal, da sitzt ein Eichhörnchen auf dem Lehrertisch, und in der Hecke zwitschern Vögel. Wie süß!«

Hanna lacht, schaut sich um und setzt sich dann auf eine der Steinbänke, die in vier leicht aufsteigenden Reihen angeordnet sind. Ein bisschen wie die Sitzreihen um eine Zirkusarena. Vorne, da wo noch immer das Eichhörnchen hockt, befindet sich ein großer steinerner Lehrertisch. Ringsum wächst überall grüner Sichtschutz. Toll!

Emma hüpft auf eine der Steinbänke und springt dann von einer zur anderen. Ihr scheint es zu gefallen. Mir auch. In einem solchen Klassenzimmer macht Unterricht bestimmt sehr viel mehr Spaß als in unserer Schule. Dann entdeckt Emma das Eichhörnchen und ihren Jagdinstinkt …

Erstaunlich, dass ein so kleiner Hund so abgehen kann! Aber das rotbraune Tierchen mit den großen dunklen Augen ist wohl einiges von den Schülern hier gewöhnt. Es schwingt sich behände auf eins der Rankgitter und dreht sich dann noch einmal nach der kläffenden Emma um. Ich könnte wetten, es hat ihr die Zunge rausgestreckt!

Am frühen Nachmittag versammeln wir uns auf dem Vorplatz des Schullandheims und treten mit der ganzen Horde unseren ersten Strandausflug an.

»Es geht nur darum, die Gegend ein wenig zu erkunden und etwas Seeluft zu schnuppern. Das Schullandheim hat einen eigenen Strandabschnitt, der aber erst ab morgen bewacht ist«, erklärt Bergmann. Also Plantschen erlaubt, Schwimmen leider noch nicht.

Obwohl ich mich am liebsten sofort mit den GIRLS in die

Fluten der Ostsee gestürzt hätte, klingt »eigener bewachter Strand« sehr gut, und natürlich wollen wir den unbedingt schon mal ansehen.

Er ist wirklich nicht weit vom Schullandheim entfernt, und als wir einen kleinen Bohlenweg durch die Dünen zum Strand nehmen, liegt er auch schon vor uns. Weißer Sand, glitzerndes Meer und Sonne satt versprechen für die nächsten Tage tollen Badespaß.

Beim Abendessen sind wir ziemlich müde. Die frische Luft, das Wandern durch die Dünen und das Toben in der Brandungszone am Strand hat zu einer wohligen Erschöpfung bei mir geführt.

Während ich leckeren Wurstsalat und frisches Brot futtere, sehe ich, wie Marcel zum zweiten Mal seinen Teller am Buffet vollpackt.

»Wo schlingt der das bloß alles hin?«, frage ich verwundert und ärgere mich dann beim Rausgehen, dass sein Teller noch halbvoll ist, als er ihn vor mir in das Abräummobil stellt.

»Die Reste gehören in den Abfall«, sage ich. »Aber besser wäre es, wenn du nur so viel auf deinen Teller packen würdest, wie du auch essen kannst.«

Er dreht sich zu mir um und blafft: »Sonst noch was, Lotte? Mal wieder auf dem Nachhaltigkeits-Trip? Kümmere dich um deinen eigenen Dreck.«

»Dann mach du das künftig auch«, pampe ich zurück.

»Warum so kratzbürstig. Was übrig bleibt, wird doch eh weggeworfen. Mach dich mal locker, Lotte.«

Der Junge geht mir echt auf den Zeiger, und der von

meinem Lebenskompass zeigt auch ganz passend COOL BLEIBEN an.

Also spare ich mir eine Antwort und mache mich mit Hanna und Stine vom Acker. Von so einem lassen wir uns doch nicht den schönen Abend ruinieren.

Als wir hinterm Haus im Sportbereich ankommen, hocken da bereits die Chicks und sehen ein paar Berliner Jungs beim Beachvolleyball zu. Die geben sich sichtlich Mühe, uns Mädchen zu imponieren, und bald werden sie kreischend von Viola und den übrigen Hühnern angefeuert.

Zum Dank laden die Jungs die Chicks auf eine Cola ein, und die Gruppe zieht lachend und gackernd ab. Wobei Viola mir beim Aufbruch noch einen triumphierenden Blick zuwirft. Als wolle sie sagen: »Siehste, Lotte Lindberg, so macht Frau Jungs klar!«

Das kann ja heiter werden.

»Spielen wir ein Mixed?«, reißt mich Robs Frage aus diesen Gedanken. »Knut und ich gegen Lotte und Stine.«

Zwar fühle ich mich etwas müde, aber Lust habe ich schon, und als Stine sofort aufmunternd sagt: »Klar, wenn Lotte mitmacht, bin ich dabei«, kann ich gar nicht anders als zustimmen.

Das Abendrot färbt bereits den Himmel, als wir ausgepowert an die Getränkekisten wanken und uns nun auch eine Coke gönnen. Rob genießt sichtlich und ist mit den Gedanken offenbar ganz schnell woanders. Ich bin das auch.

»Es ist toll, dass du auch bei Ekki in der Musikschule bist«, sage ich und starre auf die Flasche in meiner Hand. »Da können wir ja jetzt öfter mal wieder eine Coke trinken.«

Er grinst. »Gerne, Lotte. Sehr gerne. Prost!« Rob stößt seine Flasche gegen meine, und seine Teddybär-Augen glänzen.

Hmmm … mir wird dabei ganz anders, und ich frage mich, ob sich so ein Stück vom Himmel anfühlt?

Wilder Wald und glitzerndes Meer

Lottes Ferientagebuch – Kapitel 4
in dem ein Urwald erkundet wird, Ausblicke von ganz oben neue Einblicke bringen und das Meer einfach herrlich ist. Leider machen mir meine Eltern mal wieder Kummer, und die Chicks haben immer nur Party im Kopf.

Ich habe ziemlich gut geschlafen und freue mich auf den ersten richtigen Tag unserer Freizeit. Das Frühstück fängt schon mal super an. Im Speisesaal ist ein tolles Buffet aufgebaut, und jeder kann sich bedienen. Es gibt Müsli und Cerealien, Joghurt, Käse, Aufschnitt und Rührei mit Speck, Brötchen und verschiedene Sorten dunkles Brot, lecker aussehende Marmeladen und Milch, Kakao und unterschiedliche Säfte. Außerdem frischen Obstsalat.

»Das ist ja Wahnsinn!«, gerät Hanna sofort ins Schwärmen. »Wie im Urlaub auf Mallorca im Hotel.«

Ich grinse und mache einen Plan, wie ich so nach und nach jede dieser Köstlichkeiten meinem Magen zuführen kann, ohne dass mir vor Überfütterung schlecht wird.

Jemand anderes scheint damit kein Problem zu haben:

Marcel hat sich seinen Teller mal wieder so vollgeschaufelt, dass ihm das Rührei gleich über den Rand glitscht. Kleckern tut es schon. Wie unappetitlich!

Richtig die Laune verdirbt es mir aber, als ich sehe, wie erneut ein großer Teil der leckeren Sachen am Ende in die Mülltonne wandert.

»Kann der seinen Hunger wirklich nicht einschätzen, oder ist er einfach nur gierig?«, sage ich empört zu Hanna.

Sie zuckt die Schultern. »Ich glaube, er ist beides: verfressen und total gedankenlos.«

Nach dem Frühstück knubbeln sich alle Leute vor dem Infobrett in der Eingangshalle. Dort sollen künftig jeden Morgen die aktualisierten Tagespläne aushängen, hat Stine gesagt.

Für heute ist ein Treffen im Grünen Klassenzimmer angesetzt. Dort erwartet uns Bergmann mit einem Nationalpark-Ranger.

Wow, der macht aber echt was her. Besonders die Jungs sind von seiner Kluft beeindruckt. Als wäre er direkt aus einem amerikanischen Abenteuerfilm entsprungen: *Gefahr in der Wildnis*, *Kampf in den Rocky Mountains*, *Der letzte Wildhüter* oder so ähnlich.

Er ist etwa Mitte dreißig und trägt eine khakifarbene Uniform, aus Funktionshose und einem etwas helleren Uniform-Hemd, mit einem Emblem des Nationalparks auf dem Ärmel. Außerdem eine Art Cowboyhut, unter dem er das Haar zu einem Pferdeschwanz gebunden hat.

Ich stoße Stine an und grinse. »Der Ekki des Nationalparks«, flüstere ich.

Stine lacht und nickt. »Der lässt halt überall der Natur seinen Lauf. Ist doch gut, bei seinem eigenen Kopf anzufangen.«

Marcel allerdings muss darüber gleich wieder einen blöden Witz reißen. Denn als der Ranger sich als Hinrich vorstellt, blubbert er: »Ich dachte, Sie sind ein Mädchen!«

Ich kann mich mal wieder nur fremdschämen für ihn. Doch der Ranger ist wohl solche dummen Reaktionen gewöhnt, denn er lächelt nur und meint ganz beiläufig: »Tut mir leid, wenn du jetzt enttäuscht bist, aber die Kollegin hat heute frei. Du musst schon mit mir Vorlieb nehmen.« Dann wendet er sich wieder dem Thema zu.

Er hat einen Lageplan vom Nationalpark Vorpommersche-Boddenlandschaft mit Magneten an den Flipchart gepappt.

»Unser Nationalpark erstreckt sich von der Westküste der Halbinsel Darß bis vor die Insel Rügen.« Er deutet auf eine lang gestreckte Insel in dem markierten Gebiet. »Das ist die Insel Hiddensee, früher eine beliebte Sommerfrische der wohlhabenden Berliner. Jetzt steht sie komplett unter Naturschutz.«

Er zeigt auf eine rote Markierung.

»Dies ist das Schullandheim. Von hier werden wir uns heute Vormittag auf eine Entdeckungstour in den Darßer Urwald begeben. Unser Ziel ist der Darßer Ort mit seinem Leuchtturm und dem Natureum, wo ich euch ein paar Geheimnisse verraten werde. Anschließend besuchen wir den Wilden Westen …«

Er lacht, als wir verdutzt schauen.

»… ich meine natürlich den wilden Weststrand.«

»Da sollen wir doch nicht zu Fuß hinlaufen«, stöhnt Marcel auf. »Ich bleibe hier.«

So eine faule Socke! Aber der Ranger beruhigt sofort: »Wir fahren natürlich mit den Rädern. Hat euch das euer Lehrer nicht gesagt?«

Bergmann sieht ein bisschen verlegen aus, als er schnell einwirft: »Dazu bin ich noch gar nicht gekommen. Aber die Räder sind bestellt worden.«

»Dann werden sie auch im Fahrradraum bereitstehen«, sagt Hinrich zufrieden. »Eure Schutzhelme habt ihr ja hoffentlich alle dabei.«

Wir nicken.

»Gut, dann werde ich euch jetzt noch ein paar Verhaltensregeln mitteilen, an die sich alle Besucher des Nationalparks halten müssen. Wenn sie dagegen verstoßen, ist das nicht nur für die Natur im Park traurig, sondern auch für sie, denn es gibt ein saftiges Bußgeld.«

»Aber nur, wenn man erwischt wird«, wirft Marcel grinsend ein und kommt sich mal wieder oberschlau vor. Aber da versteht der Ranger überhaupt keinen Spaß.

»Bist du sicher, dass du mitfahren willst?«, fragt er Marcel ziemlich direkt. »Oder möchtest du dich erst mal ein bisschen in das Thema Umweltschutz und den Nationalparkgedanken einlesen?«

Er knallt einen Stapel Broschüren auf den steinernen Lehrertisch.

»Material genug habe ich euch mitgebracht. Ich denke, ihr könnt es für eure Projekte in dieser Woche gut gebrauchen.«

Marcel hält jetzt die Klappe, und Bergmann bedankt sich.

»Für unseren Ausflug ernenne ich euch alle zu Junior Rangern auf Probe. Wer weiß denn, wer die Junior Ranger sind?«

Rob meldet sich. »Junior Ranger sind Freunde und Botschafter unserer Nationalparks. Sie sind in Clubs organisiert, die für den Gedanken der Erhaltung unserer heimischen Naturlandschaften eintreten und dafür zum Beispiel an ihrer Schule, im Freundes- und Bekanntenkreis und in ihren Familien werben. Sie machen auch Projekte für jüngere Schüler.«

»Sehr schön«, lobt der Ranger und fragt nach seinem Namen. »Du hast dich ja wirklich gut vorbereitet, Rob.«

Hinrich nimmt den Plan ab und hängt ein Plakat mit dem aktuellen Projekt auf. Es heißt WILDER WALD AM MEER. Das Kernstück ist eine Wanderung mit Rangern durch den urigen Darßwald an den Weststrand und zum Leuchtturm am Darßer Ort.

»Genau das machen wir heute«, sagt Hinrich und schaut sich in der Klasse um.

»Was ist eigentlich ein Nationalpark? Kann mir das auch jemand sagen?«

Stine meldet sich. »Das sind Gebiete, in denen die Natur besonders geschützt wird. Nationalparks gibt es auf der ganzen Welt.«

Der Ranger nickt. »Typisch für unseren Nationalpark ist, dass wir in ihm große Teile ursprünglicher Naturlandschaften schützen, in denen sich die Natur- und Tierwelt, weitgehend ohne den Einfluss von Menschen, frei entfalten kann.«

Er zeigt uns ein Poster vom wilden Darßer Weststrand.

»Hier gibt es zum Beispiel keinen solchen Badetourismus, wie an den Ortsstränden in Prerow.«

Er hängt noch ein Plakat auf, darauf steht:

Nationalpark heißt: Natur Natur sein lassen!

»Das ist das Motto für unsere Naturparks, und damit das funktioniert, gibt es ein paar Regeln. Lest euch die jetzt bitte durch und haltet euch daran. Dann können wir in einer Viertelstunde aufbrechen.«

Er lässt einen Stapel Postkarten herumgehen, auf denen die wichtigsten Verhaltensregeln für den Aufenthalt im Nationalpark stehen. Wir GIRLS nehmen unsere Karten mit auf unser Zimmer, wo wir unsere Wanderrucksäcke stehen haben. Wir machen uns noch mal auf den Betten lang und lesen uns gegenseitig die Regeln vor, weil sie sich so am besten einprägen.

1. *Ausgewiesene Wege und Radwege benutzen, nicht die Naturlandschaft zertrampeln*
2. *Verzicht auf Rauchen und Feuer in der freien Landschaft – Brandgefahr!*
3. *Abfälle mitnehmen*
4. *Zelten und Übernachten verboten*

»Okay«, sage ich. »Es ist ja nicht schwer, sich das zu merken, sogar Marcel und seine Dumpfbacken sollten das in ihrem Gehirn behalten können.«

Hanna kichert. »Also, zelten wollte ich da sowieso nicht zwischen all den wilden Tieren.«

Wir ziehen Chucks an, schmieren uns mit Mückenschutzmittel ein und schnappen die Fahrradhelme und Rucksäcke. Dann machen wir einen kleinen Abstecher zur Essensausgabe, wo jeder ein Lunchpaket und eine Flasche Wasser bekommt. Mittagessen fällt heute nämlich aus.

Wir holen die Räder aus dem Fahrradraum. Sie sind top gepflegt, und nachdem wir Sattel und Lenker eingestellt haben, kann es losgehen.

Mrs Picklestone fährt nicht mit, sie hält mit den Hunden im Schullandheim die Stellung. Da Hunde im Naturpark angeleint sein müssen, wäre das weder für Rubber noch für Bergmann ein Vergnügen, denn so wie der auf dem Rad herumeiert, ist er eher nicht so sattelfest, dass er auch noch beim Radeln einen Hund an der Leine führen kann.

»Wird es denn gehen bei Ihnen?«, frage ich mitfühlend, als er bereits in der ersten Kurve ins Schlingern gerät und absitzen muss. Früher hätte er mich ja gleich angeknurrt und verlangt, dass ich mich um meine eigenen Sachen kümmern soll, aber heute sagt er mit sehr viel Einsicht: »Ich bin seit meiner Jugend nicht mehr Rad gefahren. Ich weiß, man verlernt das nicht, aber ich hätte vielleicht vorher noch eine Übungsstunde nehmen sollen.«

Wie recht er damit hat, zeigt sich, sobald wir auf den ersten Waldweg einbiegen. Der ist genauso naturbelassen wie der Naturpark, was heißt, dass es über Stock und Stein geht, durch Löcher und Rinnen und über fiese Wurzeln, die sich unverhofft darüberschlängeln.

Armer Zwiefalten, denke ich und sehe schon die Falten an seiner Nasenwurzel erscheinen und größer und tiefer werden, bis sie mal wieder seine Stirn zerfurchen …

Doch er ist nicht der Einzige, der mit den Widrigkeiten der natürlichen Natur kämpft. Marcel, unser Fettnäpfchenspringer, schafft es ebenfalls, jedes Schlagloch zu treffen und keine Rinne oder Luftwurzel auszulassen. Das erste Mal semmelt er sich hinter einer leichten Anhöhe hin und schreit die halbe Botanik zusammen.

Hinrich schließt zu ihm auf, bereit zu Erster Hilfe. Aber das

Geschrei war mal wieder größer als die Verletzung, und ein Knebel, um die Tierwelt vor Marcels Gekreische zu schützen, wäre sicher angebrachter gewesen als das Pflaster, das Hinrich Marcel für die kleine Schramme am Ellbogen anbietet.

Nachdem auch ein paar andere Mitschüler etwas ins Schleudern geraten sind, läuft es dann aber doch ganz gut, und auch Bergmann scheint sich wieder eingefahren zu haben. Er gurkt zwar als Schlusslicht hinter der Gruppe her, aber als ich mich mal etwas zurückfallen lasse, um nach ihm zu schauen, erklärt er mir: »Ich muss das machen, damit wir niemanden verlieren.«

Aha, dann hoffe ich mal, dass auch er nicht verloren geht.

Ich schalte wieder auf Turbo um, schließe zu Rob auf und teile ihm meine Sorgen mit. Klar, dass er mir verspricht, ab und zu auch mal nach Bergmann zu sehen.

Wir dringen nun immer weiter in den Darßer Urwald ein, und bald umgibt uns überwältigende Ursprünglichkeit. Grade radeln wir durch einen Rotbuchen-Wald, dessen dichtes Laub das Sonnenlicht nur in schimmernden Streifen durchlässt. Das sieht wunderschön aus. Da wo die Sonnenstrahlen den Waldboden berühren, sieht man hin und wieder eine Waldeidechse, die sich rasend schnell verkrümelt, als wir vorbeifahren.

An einer Stelle, wo sich ein paar riesige umgefallene Baumstämme und Äste chaotisch übereinandertürmen, lässt der Ranger uns auf einer Wegkreuzung vor einer Infotafel halten.

Das Tok-Tok eines Spechtes ist zu hören, und als mir der Ranger sein Fernglas gibt, entdecke ich den Buntspecht in einer hohen Buche. Ich reiche das Glas an Hanna weiter, und sie ist begeistert, wie schön der ist.

»Hier verlaufen die Wechsel unseres Haarwildes«, erklärt Hinrich. »Typisch für den Darßer Wald sind vor allem Rehe, Wildschweine und Rothirsche.«

Er deutet auf einige knorrige Eichen, in deren Stämmen sich tiefe dunkle Spalten befinden.

»Darin leben Fledermäuse, die man allerdings nur bei einer Nachtwanderung beobachten kann.« Er lacht. »Die haben wir ja noch vor uns.«

Ich schaue ihn fragend an. »Haben wir?«

Er grinst. »Eure Frau Weissgerber meinte, eine Nacht im Wald wäre für euch mal ein ganz besonderes Erlebnis.«

Ich erinnere mich an den Spruch auf der Postkarte: *Naturpark ist Erlebnis*, muss grinsen und frage mich, ob Frau Weissgerber das nicht vielleicht zu wörtlich nimmt und etwas übertreibt.

Als wir weiterfahren, noppe ich mich an Stine. »Weißt du was von einer Übernachtung im Wald?«

Sie nickt. »Ja, eine coole Idee. Ist aber freiwillig. Wer Schiss hat, muss nicht mit.«

Ob ich die Idee so cool finde, darüber bin ich mir noch nicht sicher. Ist bestimmt ziemlich unheimlich im finsteren Wald … vielleicht gehöre ich auch zu den Schissern … und dass Hanna da mitmacht, kann ich mir überhaupt nicht vorstellen. Andererseits wirkt der Ranger ja ziemlich vertrauenerweckend, also erst mal sehen, wie das heute noch so läuft.

Es läuft prima. Das Wetter ist total schön, und im Wald ist es herrlich schattig.

Hinrich zeigt uns Moose und Pilzkolonien an alten Baumstümpfen und lässt uns anhand der Besiedelung mit Flechten an den Bäumen die Himmelsrichtungen ablesen.

»Eine Schlange«, schreit Marcel plötzlich, und ehe überhaupt jemand kapiert, was vorgeht, hat er schon zugepackt und hält ein sich windendes hellgraues Reptil in seinen Pfoten. Muss der denn alles gleich antatschen! Der hat sein Gehirn zurzeit offenbar in einer Cloud geparkt.

Er wirkt nun selber ziemlich erschrocken, denn er wedelt mit dem schlanken, etwa einen Meter langen Tier völlig panisch in der Luft herum und kreischt: »WAS SOLL ICH DAMIT MACHEN?!«

Ich sehe, dass der Ranger ein ziemlich zynisches Grinsen im Gesicht hat und nicht so aussieht, als würde er Marcel sofort zu Hilfe eilen.

»Wenn sie mich beißt! Sie ist bestimmt giftig … sie … sie wird mich töten … nun mach doch mal jemand was … HILFE!!!«

Bergman ist drauf und dran, Marcel zu helfen, Hinrich hält ihn dezent zurück. »Den Burschen lassen wir jetzt mal ein bisschen zappeln«, sagt er leise zu unserem Klassenlehrer.

Die Schlange windet sich und Marcel auch … es sieht aus, als würden sie einen Veitstanz umeinander herum machen. Irgendwie traut er sich wohl nicht, sie loszulassen, weil sie ihn dann vielleicht beißen könnte.

»Warum helfen Sie mir denn nicht?«, kreischt er panisch. »Meine Eltern werden Sie verklagen, wenn mir was passiert …«

Ich bin selbst nun auch etwas besorgt. Andererseits wird Hinrich wissen, was er tut.

»Vielleicht ist die Schlange ja gar nicht giftig …«, denke ich laut.

»… und vielleicht ist es ja auch gar keine Schlange«, sagt Hinrich, der neben mich getreten ist und nun sichtlich amüsiert Marcels Tanz mit der Schlange zusieht.

»Hat jemand eine Flöte?«, fragt Rob. »Dann könnten wir sie vielleicht beschwören.« Gelächter.

»Wieso keine Schlange?«, frage ich den Ranger. Er beugt sich zu mir und flüstert: »Nicht alles, was wie Schlange aussieht, ist auch Schlange.«

Dann geht er mit festen Schritten auf Marcel zu. Im selben Moment geschieht etwas Merkwürdiges. Die Schlange oder Nichtschlange teilt sich, und das hintere Stück von ihr fällt auf den Waldboden, wo es sich noch ein wenig weiter windet und kringelt. Uns allen stockt der Atem, und ehe Marcel noch reagieren kann, nimmt ihm der Ranger das andere Stück des offensichtlich nicht minder panischen Tiers aus den Händen.

»Was für eine Schlange ist das denn deiner Meinung nach?«, fragt er Marcel, der immer noch Schnappatmung hat.

»Eine … eine … Kreuzotter … Viper … Ringelnatter …«, stammelt er abgehackt.

Der Ranger hält die Schlange nun dicht hinter dem Kopf.

»So kann sie nicht beißen«, sagt er. Sie hängt nun lang herunter und ist, jetzt wo ihr ein Stück fehlt, kaum mehr als einen halben Meter lang. Sie hat wunderschöne glatte, glänzende Schuppen, einen hellen Bauch, dunklere Seiten und einen fast schwarzen Strich auf dem Rücken, der vom Kopf bis zum nur noch teilweise vorhandenen Schwanz reicht.

»Okay«, sagt Hinrich nun, »eine Schlange ist diese furchterregende Bestie hier nicht. Hat jemand eine Ahnung, was es sein könnte?«

Schweigen, nur Bergmann scheint einen Schimmer zu haben und tippt: »Eine Blindschleiche vielleicht?«

»Bravo«, sagt Hinrich und erklärt uns rasch den Unterschied, um dann das Tier wieder in die Freiheit zu entlassen.

»Blindschleichen sind Echsen, deren Beine verkümmert sind. Sie sind weitverbreitet und völlig harmlos. Typisch echsenhaft ist ihre Fähigkeit, bei Gefahr ihren Schwanz abwerfen zu können. Aber er wächst nicht wie bei anderen Echsen nach. Viele erwachsene Tiere trifft man darum ohne Schwanz an.«

Er hebt das leblose Schwanzstück auf. »Diese hat ihren Schwanz geopfert, weil euer Klassenkamerad sie ganz nah an der Sollbruchstelle festgehalten hat.«

Er wirft das Schwanzstück in den Wald und sagt, bevor es weitergeht, zu Marcel: »Nun, was hast du daraus gelernt?«

Jetzt, wo er außer Gefahr ist, hat Marcel bereits wieder Oberwasser.

»Dass die Viecher leicht kaputtgehen?«

Das klingt blöd, aber Hinrich kommt diese Antwort ganz gelegen, denn er sagt: »Genau. Alles hier kann bei unsachgemäßer Behandlung leicht kaputtgehen. Deswegen ist es auch verboten, Tiere und Pflanzen aus ihrer gewohnten Umgebung herauszunehmen. Will sagen, seine Pfoten nach ihnen auszustrecken.«

Er schnappt sich seinen Drahtesel. »Weiter geht's, Leute!«, fordert er uns auf, und zu Marcel sagt er noch einmal leise, aber mit warnendem Unterton: »Behalt also künftig deine Finger bei dir, wenn du keinen Ärger mit mir willst.«

Marcel schleicht sich, nur um sich wenig später gegenüber seinen Kumpels bereits wieder aufzublasen.

»Nur, weil der ’ne Uniform trägt, hat er mir ja noch lange nichts zu sagen …«

Der Typ ist einfach unbelehrbar.

Wir sind nun seit etwa einer Stunde mit Unterbrechungen unterwegs und freuen uns, als sich der Darßer Urwald lichtet und plötzlich der Leuchtturm auftaucht.

Das ist ein eindrucksvoller aus rotem Backstein erbauter 35 Meter hoher Riese, der uns mächtig imponiert. Seit über 160 Jahren warnt er mit seinem immer noch aktiven Leuchtfeuer die Schiffe auf See vor den Untiefen um die Darßer Halbinsel.

Mir gefällt dieser Leuchtturm sehr, er wirkt trutzig und vertrauenerweckend.

»Hier war ich, hier war ich schon!«, ruft Ramona überrascht, und dann sehe ich sie mit den Chicks tuscheln und etwas von Modeshooting sagen.

Mehr verstehe ich leider nicht, denn Hinrich erklärt uns grade, dass wir den ältesten aktiven Leuchtturm von Mecklenburg-Vorpommern vor uns haben. Allerdings wird er schon seit den 30er Jahren des vorigen Jahrhunderts elektrisch betrieben. Es ist dennoch kaum zu glauben, dass er 32 Seemeilen weit in die Nacht hinausleuchten kann.

Weil er so beeindruckend ist, reizt es mich natürlich hinaufzusteigen.

»Kommt ihr mit?«, frage ich die GIRLS.

»35 Meter ist er hoch«, gibt Hanna zu bedenken, »das ist ganz schön viel.«

Aber Hinrich grinst nur. »Was sind schon 134 Stufen, wenn man wie ihr junge Beine hat. Der Blick lohnt diese Anstrengung allemal.«

Und da muss ich ihm recht geben. Als Hanna, Stine und ich schnaufend oben ankommen und auf die Plattform unter dem Leuchtfeuer treten, bietet sich uns ein traumhafter Rundumblick über die Halbinsel Darß und die Ostsee.

»Da, da«, stammelt Hanna begeistert, »guckt mal da … sind das nicht Delfine?«

Der Ranger ist hinter uns getreten.

»Das sind Schweinswale, keine Delfine. Da habt ihr Glück, die sieht man nicht so häufig. Es ist wie mit den Kegelrobben, es gibt sie, aber man bekommt sie kaum zu Gesicht.«

Fasziniert schauen wir zu, wie die Tiere das Wasser durchpflügen, dann sind sie plötzlich verschwunden.

»Toll, einfach nur toll«, stelle ich fest, und dieses Erlebnis kann dann auch hier oben nichts mehr toppen. Obwohl der Tag so klar ist, dass man tatsächlich im Osten die Insel Hiddensee und im Nordwesten die Dänischen Inseln Møn und Falster sehen kann.

Also, das sagt jedenfalls Hinrich, und er weiß ganz sicher, wovon er spricht. Mir könnte man aber genauso gut erzählen, was wir da schemenhaft erkennen, wäre Sylt oder Mallorca … Ich würde es glauben. Na gut, nicht so ganz … Aber dieser Leuchtturm lässt einen vieles glauben … der … der ist irgendwie verzaubert!

Der Wind weht hier oben etwas kräftiger um unsere Nasen, und die frische Luft macht mir nun ganz realistisch bewusst, dass ich normalerweise um diese Tageszeit ein leckeres Mittagessen zu mir nehme. Ach ja, Papa, was der jetzt wohl macht, wo er mich nicht bekochen kann? Aber dann fällt mir ein, dass ja Sonntag ist und er und Mama sicher wieder chinesisch gekocht haben oder einfach mal gleich zum Chinesen essen gegangen sind. Ich wünsche es ihnen, muss dann jedoch daran denken, dass am Nachmittag ja die Besichtigung unseres Reihenhauses durch Ramonas Eltern ansteht. Das macht mir jetzt doch eine Gänsehaut.

»Ist dir kalt?«, fragt Hanna besorgt, der mein Schaudern nicht entgangen ist. »Wollen wir runtergehen? Ich habe richtig Appetit auf unser Picknick.«

Ich finde es toll, wie sie sich um mich kümmert, und bin gleich wieder happy. Was für ein fantastischer Ort, was für herrliches Wetter und was für eine liebe Freundin.

»Guter Vorschlag«, sage ich also und rufe dann ausgelassen: »Dann los, wer zuerst unten ist!« Wie die Trampeltiere stürzen die GIRLS die Wendeltreppe runter. Ich mag gar nicht darüber nachdenken, was alles hätte passieren können, wenn uns jemand entgegengekommen wäre. Es kommt uns aber niemand entgegen, nur fast am Ende der Treppe brettere ich voll in Rob rein, der mich aber geistesgegenwärtig auffängt und dann auf sicherem Boden wieder auf meine eigenen Füße stellt.

»Wir haben Schweinswale gesehen«, sage ich etwas verdattert. Er lacht. »Na, das nenne ich Glück! Klar, dass du in meinen Armen und nicht in denen von Zwiefalten gelandet bist.«

Ich nicke. »Ja, da habe ich echt Schwein gehabt.«

Wir stellen fest, dass einige Leute bereits die Siesta eingeläutet haben. Viola, der wohl der Aufstieg auf den Leuchtturm zu anstrengend war, hockt mit ihren Chicks bei Pommes mit Ketchup und Mayo im Café und schlürft demonstrativ Cappuccino. Marcel holt sich grade eine Cola, und nachdem ich Bergmann gefragt habe, ob wir jetzt essen dürften, hat er nichts dagegen und setzt sich selber mit Hinrich in das Café.

Wir holen uns auch eine Coke und futtern unsere Sandwiches dazu, die total lecker belegt sind und göttlich schmecken. Tausendmal besser jedenfalls als Pommes.

Dann werden die Räder zusammengeschlossen, und es geht zu Fuß an Sanddornbüschen vorbei zum Weststrand.

»Kleiner Verdauungsspaziergang«, meint Hinrich locker und unterhält sich weiter angeregt mit Bergmann. Was mich einigermaßen wundert, weil ich den eigentlich noch nie so aufgeschlossen erlebt habe.

Der Weststrand ist wildromantisch. Der Kiefernwald reicht bis ans Wasser, und manche Bäume neigen sich weit in die Richtung, in welche sie vom Wind gebogen worden sind. Einige sind alt und knorrig, und überall am Strand liegt von Meerwasser und Sonne ausgelaugtes und gebleichtes Totholz und Treibgut herum. Das wirkt teilweise sehr dramatisch, und Hinrich erzählt, dass gerade dieser Strand viele Maler angelockt hat, die hier »wunderbar ursprüngliche Motive für ihre Zeichnungen, Aquarelle und Ölgemälde« gefunden haben.

Aber auch das Licht ist einmalig, und als ich sehe, wie das Meer schimmert und glänzt und der Horizont sich in der Ferne als feiner silberner Streifen abzeichnet, da wäre ich auch gerne eine Malerin, die mit Pinsel und Farbe diese flüchtige Stimmung für immer festhalten kann.

Ich bin noch ganz versunken, als mich Ramona plötzlich anspricht.

»Lotte, ich wollte mich übrigens noch mal bedanken, dass du mich damals deiner Mutter für das Modeshooting für *Power Girls* vorgeschlagen hast.«

Ich weiß, damals hatte ich auch noch kein Problem mit ihr, und sie ist immerhin wirklich sehr hübsch und hat eine gute Figur. Außerdem wollte ich meine Mam etwas unterstützen, die händeringend ein paar Mädels als Laienmodels suchte.

»Wie kommst du denn jetzt darauf?«, stelle ich mich aber dennoch unwissend.

»Na, das Shooting hat doch hier stattgefunden. Hier auf dem Darß, beim Leuchtturm und am Weststrand. Das war so cool – eine ganz tolle Erfahrung, die ich alleine dir zu verdanken habe.«

Sie strahlt mich, offenbar von ihrer Erinnerung überwältigt, glücklich an.

»Freut mich«, murmele ich, peinlich berührt von so viel Überschwang bei einer Chick, und versuche Ramona schnell wieder loszuwerden. Ich bin daher froh, als Hanna zu uns tritt und Ramona sie ebenfalls volllabert. Sofort ergreife ich die Chance zum Abflug und überlasse Ramona ihr. Nur ausnahmsweise und nicht ohne mich zu vergewissern: »Du kommst doch gleich nach, Hanna, nicht wahr?«

Der Ranger geht nun auf eine besonders windschiefe Kiefer zu.

»So einen Baum, dessen Wuchsrichtung durch den permanenten Westwind in diese windschiefe Lage gedrängt wird, nennt man *Windflüchter*. Ein schöner und treffender

Begriff, finde ich. Bezeichnenderweise hat ihn ein Maler geprägt, der sich so sehr in diesen Ort verliebt hat, dass er ein Kapitänshaus erwarb und bis zu seinem Lebensende in Prerow lebte.«

Hm, das klingt nach einem megaromantischen Leben. Mal sehen, ob wir sein Haus in Prerow entdecken werden.

An einigen Stellen ist das Ufer abgebrochen, was ziemlich gefährlich aussieht.

»Warum wird das nicht weggeräumt und befestigt?«, frage ich Hinrich.

»Dies ist eine Naturküste. Niemand, außer der Natur selbst, soll hier eingreifen. Es ist ein ständiges Werden und Vergehen. An einer Stelle wird das Land von Meer und Wind angefressen, an anderer Stelle wird dafür Sand und Sediment angeschwemmt und bildet neues Land. Hier auf dem Darß erleben wir beides. Auf der anderen Seite der Halbinsel nach Prerow hin entsteht eine ganz neue Uferzone. Es ist das jüngste Land von ganz Vorpommern.«

Mir gefällt die Selbstverständlichkeit, mit der Hinrich diese Dinge erklärt. Als müsste sich das Leben in der Natur genau so abspielen, nur seinen eigenen Gesetzen gehorchend, ohne Eingriffe von Menschenhand.

»Eigentlich ist das hier ein Paradies«, sage ich spontan, und erstaunlicherweise ist es Bergmann, der mir antwortet. »Ja, Lotte, so kann man sagen. Alles funktioniert auch ohne Zutun des Menschen und offenbar gar nicht mal schlecht.«

Hinrich schmunzelt.

»Sie sollten öfter mal mit einer Klasse herkommen, Herr

Bergmann. Ich habe so ein Gefühl, dass Ihnen das auch guttut.«

Unser Klassenlehrer wirkt plötzlich etwas verlegen, und um davon abzulenken, schaut er auf seine Uhr und pfeift dann die Leute zusammen.

»Wir wollen noch ins Natureum, reißt euch los.«

Das *Natureum* befindet sich im Leuchtturm. In dessen Nebengebäuden und auch rund um den Leuchtturm herum informieren mehrere Stationen über den Naturschutz. Im ehemaligen Leuchtturmwärterhaus gibt es auf drei Etagen Ausstellungen über den Naturlebensraum Darßer Ort und zur Ostsee und ihrer Küste.

Alles ist sehr interessant und anschaulich präsentiert. Viele Fragen werden interaktiv beantwortet, und besonders die Jungs müssen natürlich alles ausprobieren und sind glücklich, wenn sie irgendwo schalten, schieben oder drehen können.

Ein bisschen gruselig finde ich es im Keller, wo es eine Ausstellung zum »Darßwald bei Nacht« gibt. Irgendwie mag ich keine ausgestopften toten Tiere, egal ob am Tag oder in der Nacht. Obwohl viele aus der Klasse das ganz cool finden und besonders Marcel mal wieder ziemlich ekliges Detailwissen über das Präparieren von Tieren von sich geben muss. Das hat er bestimmt aus irgendeinem bescheuerten Horrorfilm. Ich glaube, dass ich die dämmerungsaktiven Waldbewohner lieber live und lebend antreffen würde. Aber das kann ja noch kommen, wenn wir mit dem Ranger wirklich eine Nachtwanderung machen.

Die riesigen Salzwasser-Aquarien gefallen mir sehr viel besser. Es ist faszinierend, auf den Grund der Ostsee zu schauen und einen Blick auf das Leben unter Wasser werfen zu können. Alles sieht so leicht, ruhig und fast schwerelos aus. Außerdem ist man so nah an den Fischen dran, als ob man tauchen würde. Sozusagen Aug in Aug mit Dorsch und Flunder. Glupsch!

Mit Informationen fast schon überfüttert, machen wir uns ein wenig erschöpft auf den Rückweg. Es war wieder ein heißer Tag, und so ist uns der Schatten des Waldes und das leichte Lüftchen beim Radeln sehr willkommen.

Die Fahrt verläuft aber dennoch relativ schweigsam, nur da, wo die Chicks und Marcel in die Pedale treten, scheint es auch jetzt nicht ohne Gackern und lautes Labern zu gehen. Schließlich mahnt Hinrich noch mal zur Ruhe.

»Nehmt etwas Rücksicht auf die Tiere.«

Ich hänge meinen Gedanken nach und die sind leider etwas beunruhigend.

Etwa jetzt müssten sich meine Eltern mit denen von Ramona in unserem Reihenhaus zur Besichtigung treffen. Mir wird schwummerig. Na ja, kann man doch wohl verstehen. Und natürlich habe ich nur einen Wunsch, dass sie das Haus absolut scheußlich und für ihre Familie kein bisschen passend finden. Schließlich hat das Kinderzimmer ja nur die Größe von Violas begehbarem Kleiderschrank! Tzz! Das passt wirklich nicht, schon gar nicht, wenn Ramona in Zukunft wirklich öfter modelt. Da muss ich Viola wirklich mal recht geben. ☹

Im Schullandheim erwarten uns Zuckerkuchen und Erfrischungsgetränke. Während wir kräftig zulangen, stellt uns der Hausvater einen gut aussehenden, durchtrainierten und braun gebrannten jungen Mann vor.

»Das ist Dirk. Er engagiert sich ehrenamtlich beim DLRG – wisst ihr, was das ist?«

Knut meldet sich. »Deutsche Lebens-Rettungs-Gesellschaft.«

»Richtig. Dieser Verein betreut die Prerower Strände durch seine Rettungsschwimmer, damit niemand ertrinkt. An jedem Strand gibt es mindestens einen Wachturm, der mit Rettungsschwimmern besetzt ist. In der Saison hat auch unser Schullandheim an seinem Hausstrand einen solchen Wachturm des DLRG, wo Dirk im Wechsel mit Sarah zwischen 9 und 18 Uhr Wache schiebt. In der Zeit dürft ihr dort schwimmen gehen. Wenn der Turm nicht besetzt ist, darf auch nicht geschwommen werden.«

Er schaut sich um. »Hat das jeder verstanden?«

Wir nicken

»Gut, dann ist der Strand jetzt für euch freigegeben.«

Wir sausen auf die Zimmer. Endlich, endlich dürfen wir ins Meer! Nach der vielen Theorie am Morgen, wird es wirklich Zeit, es selbst zu erkunden. Ich werde gleich mal nach einer versteckten Flunder suchen.

In Windeseile schlüpfen wir in unsere Badeanzüge, schnappen die Badetücher und rennen wieder nach unten.

Da haben sich schon fast alle auf dem Vorplatz des Empfangsgebäudes um Dirk versammelt, und auch Bergmann und Mrs Picklestone stehen in lockerer Freizeitkleidung, ihre beiden Hunde an der Leine, bei der Gruppe. Ich muss grinsen.

»Das ist doch wirklich ein süßes Pärchen«, sage ich zu Stine.

»Wer? Bergmann und Mrs Picklestone?«

Ich kichere.

»Die Hunde, ich meine die Hunde, nicht unsere Lehrkräfte.« LOL

Das Meer ist dunkelblau und kaum bewegt. Wieder ist der Horizont ein silberner Streifen zwischen Himmel und Meer. Das sieht zauberhaft aus.

Noch immer herrscht eine flirrende Hitze, und ich stelle mir vor, ich wäre in der Wüste und jeden Moment könnte eine Fata Morgana auftauchen. Dann ist es aber nur Marcel, der sich wie ein schnaubendes Walross durch das Wasser wälzt und mit seinen Kumpels für kräftigen Wellengang sorgt.

Ich suche mir mit den GIRLS einen Marcel-freien Abschnitt, dann rennen auch wir lachend ins Meer.

Hach, ist das herrlich! Wir spritzen uns kichernd gegenseitig nass und tauchen schließlich ganz in die Ostsee ein. Nebeneinander schwimmen wir ein Stück hinaus und dann parallel zum Strand. Ich genieße die Abkühlung, und als mein Blick zum Ufer geht, sehe ich dort am Rand der Düne unsere Lehrer mit den Hunden spielen. Ein schönes Bild, und ich freue mich noch einmal, dass die GIRLS es geschafft haben, die armen Tiere von Frau Ludwig in ein neues Zuhause zu vermitteln. Rubber und Emma jedenfalls haben es ganz super gut getroffen.

Plötzlich merke ich, wie mich etwas am Bein zieht. Hilfe, ein Schweinswal?!

Es ist aber eher die Hand von einem Menschen, und die

klammert ziemlich fest und zieht mich runter. Sehr witzig! Ich mag nicht im Salzwasser untertauchen, überhaupt mag ich nicht gerne tauchen.

Also versuche ich strampelnd, den Angreifer abzuschütteln. Vergebens. Jetzt kriege ich aber Panik. Fuchtele mit den Händen in der Luft und kreische leicht hysterisch auf. Dann schlägt das Wasser über meinem Kopf zusammen. Da ich die Augen krampfhaft geschlossen halte, den Mund jetzt natürlich auch, kann ich nicht erkennen, wer da an mir rumzerrt und sich offenbar einen Scherz erlaubt. Aber ich wehre mich nach Leibeskräften und versuche wieder an die Oberfläche zu gelangen. Verdammt, die Luft wird knapp. Ich schlage um mich und treffe auch jemanden, wenige Sekunden später lockert sich der Griff, und ich zische nach oben.

Prustend durchbreche ich die Wasseroberfläche und paddele einen Moment wie ein Hund herum – völlig orientierungslos. Dann taucht seitlich neben mir Marcel auf und schwimmt eilig weg. So ein A… öhm … Walross … äh … nein … auch nicht, das wäre ja für das Walross eine Beleidigung. Bleibe ich eben bei Doofmann! Punkt!

Ich schaue mich suchend nach Hanna und Stine um, als die bereits neben mir auftauchen. Inzwischen habe ich eine Stelle erreicht, wo man wieder stehen kann. Schnaufend wische ich mir die brennenden Augen aus, in die ich natürlich trotzdem Salzwasser bekommen habe.

»Bist du getaucht?«, fragt Hanna naiv.

»Eher getaucht worden!«, grummele ich.

»Marcel?«, fragt Stine und schaut dem davonkraulenden Monster nach.

»Der Penner hat mich unter Wasser gezogen«, schnaufe ich.

»Das macht er nicht noch mal!«, sagt plötzlich eine Jungenstimme hinter mir. Rob und Knut stehen da. Ich habe sie gar nicht herankommen gehört und bin darum ein bisschen verblüfft. Außerdem will ich nicht, dass Rob mich so sieht … So … so peinlich … mit angeklatschten nassen Haaren und wahrscheinlich roten Augen.

»Ich … ich sehe bestimmt aus wie eine nasse Albino-Katze«, rutscht es mir raus.

»Wie eine Meerjungfrau, die grade den Wellen entstiegen ist«, korrigiert Rob überaus freundlich. Der Junge muss mit Blindheit geschlagen sein.

Und dann kraulen die beiden auch schon mit kräftigen Zügen hinter dem feige fliehenden Marcel her. Als sie ihn bei seinen Kumpels erreichen, entbrennt eine tüchtige Wasserschlacht, aus der eindeutig Knut und Rob siegreich hervorgehen. Danach schwimmen sie lachend aufs Meer hinaus, während Marcel mit seiner Bande schnaufend an den Strand kriecht. In der Brandungszone bleiben sie erschöpft liegen.

Hach, was für ein erfreulicher Anblick – Marcel und die Dumpfbacken platt am Boden. Ich wünsche mir in diesem Moment einen Zauberstab, um sie in Flundern zu verwandeln. Dann könnten sie sich ganz in den Sand einbuddeln und wären hoffentlich für alle Ewigkeit verschwunden.

Freundschafts-Kummer & Partyspaß

Lottes Ferientagebuch – Kapitel 5

in dem es Neuigkeiten gibt, Freundschaften sich beweisen müssen, bei den Chicks Jungsalarm herrscht und bei der Grillparty nicht nur über der Grillkohle die Luft brennt. Klar, dass da eine Abkühlung willkommen ist.

Am Montagmorgen fühle ich mich ziemlich matschig.

Kein Wunder, denn ich habe gestern Abend meine Neugier wirklich nicht zügeln können und tatsächlich vom Münzfernsprecher aus zu Hause angerufen. Aber als ich meinen Vater in der Leitung hatte und gefragt habe, was die Besichtigung des Reihenhauses erbracht hat, hat er nur herumgedruckst und mich an Mam weitergereicht.

»Wie schön, dass du dich mal meldest, Lotte. Ist ja dumm, dass man euch die Handys weggenommen hat. Geht es dir denn gut, erzähl mal, isst du auch ordentlich …«, schwallte sie mich sofort zu, ehe ich überhaupt etwas sagen konnte.

Meine Antworten sind entsprechend knapp und ungeduldig ausgefallen, dennoch dauerte es, bis ich endlich auch bei ihr meine Frage nach dem Verkauf des Reihenhauses loswerden konnte. Hinter mir hatte sich schon eine Schlange von Schülern gebildet, die ebenfalls unbedingt telefonieren wollten. Die saßen mir regelrecht im Genick …

»Geht's hier mal weiter?«, fragte auch schon bald einer von denen unter beifälligem Volksgemurmel.

»Nun sag schon, Mam. Hier wollen noch mehr Leute telefonieren. Was ist mit dem Haus?«

»Das? Ach, das ist so gut wie verkauft!«, sagte sie daraufhin eher beiläufig.

»Das heißt …?«

»Das heißt, dass es Ramonas Eltern gefallen hat. Sie melden sich Anfang der Woche. Ist das nicht toll, dann hätten wir endlich genug Geld, um die Villa richtig zu renovieren. Freust du dich?«

Was sollte ich bei so viel Begeisterung sagen? Schließlich wollte ich nicht die Spaßbremse geben und schon gar nicht vor all den Leuten, die inzwischen hinter mir standen, mit meiner Mutter rumzicken. Aber Freude heucheln konnte ich auch nicht.

»Ich … ich muss Schluss machen«, stammelte ich also nur. »Grüß Papa, ich melde mich wieder.« Dann hängte ich sie einfach ab.

Verdammte Kiste, dachte ich, wenn das mal nicht der *worst case* ist!

Na ja, dass ich danach nicht gut geschlafen habe, ist ja wohl verständlich. Ehrlich, Ramona als Hannas Nachbarin, das hat mir grade noch gefehlt! Ich könnte Pickel kriegen, Plack, Pest und Cholera … aber, um ausnahmsweise mal Marcels Worte zu benutzen, eigentlich ist mir zum Kotzen!

Beim Frühstück sehe ich am Buffet Ramona mit Hanna reden, und als die sich dann zu uns setzt und ich sie frage, was es denn Wichtiges mit Ramona zu bereden gibt, ist sie relativ kurz angebunden. Also hake ich nach: »Gibt es Neues von ihren Eltern?«

»Wieso? Warum sollte sie mir von ihren Eltern erzählen?«

»Ich meine, weil die doch gestern unser Reihenhaus besichtigt haben. Habt ihr darüber gesprochen?«

Nun wird auch Stine hellhörig, schaut mich aber zugleich mit einem ziemlich merkwürdigen Blick an. Hat sie gemerkt, dass ich mich verstelle? Sie kennt mich einfach zu gut.

»Hast du nicht gestern Abend telefoniert, Lotte?«, fragt sie mich. »Ich habe gesehen, dass hinter dir eine lange Schlange vor dem Münzfernsprecher stand.« Sie grinst, und ich fühle mich ertappt. Okay, dann trete ich einfach mal die Flucht nach vorne an.

»Ja, habe ich.«

»Und?«

»Was und? Muss ich euch über alles, was ich tue, Rechenschaft ablegen? Hanna sagt ja auch nicht, was sie mit Ramona geredet hat.«

Oh, das sollte mir so eigentlich nicht rausrutschen.

»Wollen wir uns jetzt anzicken oder ehrlich miteinander sein?«, fragt Stine und klingt gar nicht mehr lustig.

Hanna und ich schauen betreten in unsere Müslischüsseln und schweigen.

»Okay, wie ihr wollt. Dann erstickt doch an euren Geheimnissen. Ich gehe jetzt in die Klasse.« Damit räumt sie ihr Geschirr ab und verlässt den Speisesaal.

So alleine mit Hanna am Tisch zu sitzen, ist mir irgendwie sehr unangenehm. Wenn das jetzt schon so anfängt, sehe ich wirklich schwarz für unsere Freundschaft. Andererseits kann ich sie doch nicht einfach als Freundin aufgeben. Was mache ich nur?

ZEIT GEWINNEN!, rät mir mein innerer Lebenskompass. Genau! Ausnahmsweise werde ich seinem Rat mal folgen. Also stehe ich ebenfalls auf, murmele »Ich geh dann auch mal« und stelle mein Geschirr auf den Abräumwagen. Es findet sich sicher eine bessere Gelegenheit, miteinander zu reden. Ist hier sowieso viel zu öffentlich.

Als ich beim Grünen Klassenzimmer auflaufe, sind schon fast alle Mitschüler dort versammelt, und Mrs Picklestone und Bergmann stehen vorne am Lehrertisch. Neben ihnen ist das Flipchart mit einem neuen Papierblock aufgebaut, und auf der ersten Seite steht fett PROGRAMM/PROJEKTE.

Ich pflanze mich neugierig neben Stine, die ja schon einiges weiß, weil sie mit Frau Weissgerber und Rob bei der Vorbereitung daran mitgearbeitet hat. Ich will mit ihr flüstern, aber sie macht eine abwehrende Handbewegung und zischelt: »Jetzt nicht, Lotte. Hör lieber zu.« Grumpf!

Nachdem Bergmann für Ruhe gesorgt hat, erklärt er: »Ich habe inzwischen mit Mrs Picklestone das von Frau Weissgerber vorbereitete Progamm durchgesprochen und freue mich, dass wir den größten Teil davon umsetzen können.« Stine atmet erleichtert auf, und Bergmann gibt das Wort an Mrs Picklestone weiter, die nun mit ihrer akkuraten Schrift die einzelnen Programmpunkte auf den Block schreibt.

Montag:
Vormittag: Unterricht – Bildung von Projektgruppen
Nachmittag: 14–16 Uhr Projektarbeit,
danach Zeit zur freien Verfügung
Abend: Grillparty des Hausvaters mit allen Gruppen
des Schullandheims

Als sie den letzten Punkt aufschreibt, geht erst ein Raunen durch die Klasse, und dann beginnt sofort das Gackern und Schwätzen. Besonders die Chicks drehen voll auf und kriegen sich auch nach mehrmaliger Ermahnung kaum wieder ein.

»Mann, sind die aber scharf auf die Berliner Jungs«, sage ich im allgemeinen Lärm zu Stine. Die lacht nur und meint: »Partymachen ist doch schon lange ihre liebste Beschäftigung. Aber die Jungs aus der Berliner Siebten scheinen ja ganz nett zu sein.«

Ich bin skeptisch, und auch Hanna, die sich nicht neben mich, sondern neben Stine gesetzt hat, meint: »Ist doch albern, so hinter Jungs her zu sein. Ich würde mich nicht so zum Dödel machen.«

Bergmann stellt mit donnernder Stimme die Ruhe wieder her, meint aber ganz locker: »Ich verstehe ja, dass ihr euch auf die Grillparty freut, aber wir wollen doch jetzt erst mal mit unserer Planung weiterkommen. Bitte, Mrs Picklestone.«

Unsere Englischlehrerin schreibt nun die nächsten Punkte auf, und wir notieren eifrig, was da auf uns zukommt.

Besonders freue ich mich auf morgen, denn da soll es den Bootsausflug geben. Eine Fahrt mit einem historischen Mississippi-Dampfer auf dem Bodden bei Prerow. Das kann sicher ganz lustig werden, obwohl mir die Lust gleich wieder vergeht, als ich einen Blick zwischen Hanna und Ramona auffange. Die haben doch garantiert über den Kauf von unserem Reihenhaus gesprochen, denke ich und finde es echt gemein, dass Hanna nicht offen mit mir darüber spricht.

Als ich Stine das zuflüstere, gibt sie nur leise zurück: »Fass dich an die eigene Nase, Lotte. Sei erst mal selber offen, wenn du von anderen Offenheit verlangst.«

Ich bin sauer, obwohl sie ja recht hat, aber freundlich ist so eine Bemerkung von einer Freundin auch nicht grade. Von ihr hätte ich ein bisschen mehr Verständnis erwartet. Aber sie scheint sich im Moment mehr für das Programm als für meine Probleme mit Hanna zu interessieren. Ich könnte echt Pickel kriegen!

Mrs Picklestone reicht nun die von Frau Weissgerber vorbereiteten Listen herum, damit sich jeder bei einer Projektgruppe eintragen kann. Klar, dass es einige Themen gibt, für die sich besonders viele interessieren, andere sind total unbeliebt. Aber wer geht schon in eine AG zur Fischwirtschaft, wenn es auch eine Beachvolleyball-AG oder eine Malgruppe gibt. Weil Bergmann das gar nicht gefällt, mutiert er mal kurz wieder zu Zwiefalten, kriegt seine Stirnfalten und meint grummelig: »Dann wird eben gelost. Es wird doch wohl möglich sein, 25 Leute gerecht auf fünf Projekte zu verteilen.«

Losen will aber überhaupt niemand, ich ehrlich gesagt auch nicht, denn ich möchte natürlich gerne mit Mrs Picklestone mein Malprojekt durchziehen.

Also bringen sich die Klassensprecher in die Diskussion

ein, und schließlich siegt die Vernunft und die Solidarität. Gott sei Dank haben wir ja nicht nur Dumpfbacken in der Klasse, sondern auch Mitschüler, die sich wirklich für die hier angebotenen Projekte interessieren. Es wird noch ein bisschen hin- und hergeschoben, und dann stehen die Gruppen. Ich bin in meiner Malgruppe und habe gesehen, dass sich Hanna auch dafür eingetragen hat. Alles andere ist mir eigentlich egal. Das heißt, als ich später die ausgehängten Listen am Infobrett ansehe, stelle ich fest, dass sich nicht nur Hanna für das Projekt Darßer Tür-Malerei eingetragen hat, sondern auch Ramona. Mist. Ich wusste doch, dass die sich sofort an Hanna klebt, wenn ihre Eltern unser Haus kaufen! Ich bin total wütend auf meine Mam. Das musste doch wirklich nicht sein! Als ob es sonst keine Käufer für ein nettes modernes Reihenhaus gäbe.

Nach dem Unterricht hocke ich frustriert auf der Bank hinterm Haus und sehe lustlos den Berliner Jungs beim Tischtennis zu. Plötzlich setzt sich Stine zu mir.

»So, Lotte, jetzt erklär mir mal in Ruhe, was zwischen Hanna und dir los ist.«

Ich atme erleichtert auf. Das ist meine Stine. Die vergisst ihre Freundin nicht, wenn sie ein Problem hat. Also erzähle ich ihr, was meine Mutter gesagt hat.

»Du kannst dir ja wohl denken, dass ich mich darüber nicht freue. Eine Chick, die sich mein Zimmer unter den Nagel reißt und glaubt, sie könnte meine Freundin auch gleich mitkaufen! Guck dir doch an, wie sie sich an Hanna rannoppt. Das ist doch widerlich!«

»Lotte, nun mach aber mal einen Punkt. Wir haben doch schon darüber gesprochen. Ramonas Eltern wollen scheinbar unbedingt in die Gegend am Stadtwald ziehen. Wenn sie euer Reihenhaus nicht kaufen, dann kaufen sie eben eine von den Stadtvillen, die Violas Vater dort baut. Auf jeden Fall wird Ramona so oder so in Hannas Nachbarschaft ziehen, und es ist nur logisch, dass sie sich dann öfter sehen, sich bei den Aufgaben unterstützen und natürlich auch gemeinsam zur Schule fahren.«

»Aber Ramona ist bei Viola in der Clique, und Hanna ist bei uns im GIRLS-Club! Das geht gar nicht!«

»Jetzt sag nur noch, das gibt Krieg!«, sagt Stine irgendwie zynisch. »Mensch, Lotte, Violas Chicks wechseln ständig. In ihrer Clique ist drin, wen sie grade mal gut findet. Wer sagt dir denn, dass Ramona nach dem Umzug in der Clique bleibt oder bleiben will? Haben wir GIRLS mit unserer Band nicht einen tollen Song komponiert, in dem wir singen, dass wir bereit sind, jede aufzunehmen, die sich uns anschließen will? Du hast diesen Text doch selbst geschrieben, Lotte! Meinst du nicht, dass du ihn auch ein bisschen leben solltest?«

Ich bin drauf und dran, den Song zu verfluchen, denn auch meine Mam hatte ja nichts andres zu tun, als mir das vorzuhalten. Aber eigentlich ist der Text wirklich gut, und ich stehe auch dahinter – nur, es muss doch nicht grade Ramona sein. Ich kann die doch nicht mit offenen Armen aufnehmen und dann dabei zusehen, wie sie mir meine Freundin wegnimmt.

»Nein, Stine, das ist echt zu viel verlangt«, sage ich also. »Von mir aus kann jedes Mädchen bei den GIRLS eintreten, aber keine Chick. Nicht Ramona.«

Stine steht auf.

»Okay, dann schauen wir mal, wie die Dinge sich entwickeln. Ich kann dir dann im Moment auch nicht helfen. Du musst wohl erst mal selber klarkommen. Aber sprich mich an, wenn du das noch mal bequatschen willst.« Ich nicke dankbar und bleibe noch ein bisschen sitzen.

Als es Zeit zum Mittagessen ist, raffe ich mich auf und schlurfe deprimiert zum Speisesaal rüber. Ich sehe Rob mit Knut vom Schwimmen kommen und denke, dass mir das sicher auch gutgetan hätte. Diese Grübelei bringt doch nichts, und so nehme ich mir vor, Stines Rat zu befolgen, abzuwarten und ansonsten die trüben Gedanken wegzuschieben und die guten Tage hier aktiv zu genießen. Vielleicht hat meine Mutter ja doch noch ein Einsehen und sagt den Verkauf ab. Jaha … die Hoffnung stirbt bekanntlich zuletzt!

Nach dem leckeren Mittagessen mit Fisch aus dem Bodden gehen wir erst einmal in die Arbeitsgruppen.

Meiner Gruppe zur Darßer-Malerei schließt sich auch Mrs Picklestone mit Emma an. Sie schlägt vor, dass wir uns doch mal gemeinsam die schöne alte Haustür des Reetdachhauses vom Schullandheim anschauen sollten. »Da werden euch bestimmt gleich gute Ideen kommen.«

So ist es, die Türmalerei ist wirklich farbenprächtig und verlockt zum Nachmachen. Zwar stört es mich immer noch etwas, dass Ramona in meiner Gruppe ist, aber sie benimmt sich eigentlich ziemlich unauffällig, und so reiße ich mich zusammen und widme mich ganz dem tollen Projekt.

Wir besichtigen noch den Werkraum und finden dort alles, was wir zum Malen brauchen. Malkarton, verschiedene Farben und jede Menge Pinsel.

»Prima«, ziehe ich ein positives Fazit. »Jetzt müssen wir uns nur noch ein paar schöne Vorlagen besorgen, und dann kann es losgehen.«

Bevor wir uns trennen, bitte ich aber Mrs Picklestone noch, uns für das Projekt unsere Handys wieder rauszurücken. »Die brauchen wir, um in Prerow die Original-Haustüren zu fotografieren und die Motive dann auszudrucken.«

Das sieht sie ein. »Ich werde das mit Herrn Bergmann klären. Er wird es bestimmt erlauben. Ist ja für einen schulischen Zweck.«

Wir grinsen uns an, und ganz sicher denken Ramona und ich in diesem Moment dasselbe. Wenn wir erst das Handy haben, werden wir auf jeden Fall zu Hause anrufen. Egal ob es erlaubt ist oder nicht.

Beim Mittagessen haben Stine und ich uns mit Rob und Knut zum Schwimmen verabredet, und so treffen wir uns nach der Projektarbeit auf unserem Zimmer und schlüpfen schnell in die Badeanzüge.

Es ist noch immer brüllheiß, und ein Bad in der Ostsee ist eine willkommene Erfrischung. Wir stoßen an der Dusche beim Strandweg aufeinander. Ich finde, dass beide Jungs in ihren Badeshorts sehr sportlich aussehen, und als sie uns zuwinken, rennen wir sofort los, klatschen ihre Hände ab und düsen alle zusammen zum Strand.

Dirk steht neben dem Wachturm und unterhält sich mit einem Mädchen im Bikini.

»Ist das Sarah?«, frage ich Stine.

Sie zuckt die Schultern, meint dann aber: »Sieht so aus, sie hat jedenfalls ein DLRG-Logo an der Badehose.«

Die Jungs sind schon im Wasser und spritzen sich nass.

»Wo bleibt ihr?«, ruft Rob, und so geben auch wir Gas und rennen in die leichte Brandung und weiter und weiter, bis wir den Boden unter den Füßen verlieren und uns auf den leichten Wogen treiben lassen können. Ich lege mich auf den Rücken, schaue zum blauen Himmel empor und denke, dass das Leben doch wirklich schön ist.

Bevor die Party losgeht, treffen wir uns noch mit Hanna auf unserem Zimmer.

»Was ziehen wir denn an?«, frage ich sie. Vielleicht hat sie ja von Ramona einen Tipp bekommen. »Die Chicks brezeln sich bestimmt total auf.«

»Ich ziehe ein Sommerkleid an«, sagt sie aber nur. »Es ist auch abends noch so heiß, da passt das gut.«

»Und du, Stine?«

»Wie immer, Jeans und Shirt. Ist doch praktisch, wenn man nicht grade im Flirtfieber ist.« Sie grinst, aber Hanna bekommt das in den falschen Hals und muffelt: »Ich bin nicht im Flirtfieber!«

»Dich habe ich auch gar nicht gemeint«, stellt Stine die Sache sofort richtig. »Sondern die Chicks. Dass du gerne bei jeder Gelegenheit Kleider trägst, weiß ich ja.«

Und dann rutscht es Hanna doch raus: »Ramona auch.«

Mir läuft die Galle über. Ramona auch, Ramona auch … bohren sich ihre Worte wie Dolche in mein Gehirn. OMG, ich bin ja richtig eifersüchtig! Ich fange einen fragenden Blick von Stine auf, die nun wohl auch endlich kapiert, dass die Sache ernst ist.

Ich wähle meine kurze Sommerjeans und das neue Shirt mit dem Nationalparklogo, das ich mir im Natureum gekauft habe.

»Schick«, sagt Stine und zieht ihres aus Solidarität auch an.

Als wir beim Grillplatz auflaufen, haben sich noch eine ganze Menge anderer Mitschüler genauso entschieden. Nur die Chicks flattern wie exotische Schmetterlinge in ihren Partyfähnchen dazwischen herum. Na, wenn es ihnen Spaß macht. Die bewundernden Blicke der Berliner Siebties haben sie jedenfalls auf sich gezogen.

Der Hausvater steht am Grill, die Würstchen duften verführerisch, und Salate und frisches Brot sehen auch sehr lecker aus.

Wir futtern und machen Spiele, und als der Abend fortschreitet, beginnen die Berliner, Technomucke abzuspielen und die Chicks anzutanzen.

Das sieht schon etwas peinlich aus, aber irgendwie auch lustig, und als Rob fragt, ob wir auch ein bisschen zusammen »Rumhopsen« wollen, sage ich natürlich nicht Nein.

Im Grunde steht ja auch schon fast jeder auf dem Platz und schüttelt und verrenkt seine Glieder im Rhythmus der Musik. Also lasse auch ich mich fallen. Immer wenn ich Rob anschaue, grinst er mich total lieb oder verschmitzt aus seinen Teddybär-Augen an. Okay, bei fortschreitender Party dann eher verschwitzt … Irgendwann ist auch mir total heiß, und mein Shirt ist genau wie das von Rob völlig durchnässt. Trotz einer Überdosis Deo. Bei dieser Hitze ist einfach nichts zu machen.

Doch dann fällt mir ein, dass ja am Weg zum Strand eine Dusche installiert ist, wo man den Sand abspülen kann, bevor man das Schullandheim betritt.

Während mir der Schweiß überall am Körper runterläuft, stelle ich mir vor, wie erfrischend es wäre, da jetzt drunter zu stehen. Als ich das Rob ins Ohr schreie, greift er sofort nach meiner Hand und läuft mit mir dorthin. Erst spritzen wir uns nur gegenseitig nass und kühlen unsere Gesichter und Arme. Die Shirts und unsere kurzen Hosen werden dabei gleich mitgewässert, und weil es dann auch schon fast egal ist, stehen wir irgendwann komplett im Duschschauer und lassen das erfrischende Wasser in voller Montur auf uns herunterregnen.

»Regenwaldschauer«, sage ich giggelnd.

Ist das herrlich erfrischend! Wir kichern nun beide, streichen uns gegenseitig das nasse Haar aus dem Gesicht, lecken das Wasser von unseren Fingerspitzen und müssen uns schließlich aneinander festhalten, weil wir vor Lachen kaum noch stehen können. Da dreht Rob die Dusche ab.

Ich starre ihn an. Es ist schon dunkel, aber im Lichtschein der Laternen, welche Haus und Garten beleuchten, sehe ich das Wasser aus seinem Haar tropfen und über sein Gesicht laufen. Nun, wo die Dusche nicht mehr prasselt, ist es erstaunlich still. Zwar wabern vom Haus Musik- und Lachfetzen herüber, aber zwischen uns breitet sich ein eigenartiges Schweigen aus …

Rob streicht mir noch einmal eine Strähne aus dem Gesicht. Das macht er ganz langsam und sanft. Dabei wirkt er irgendwie nachdenklich.

»Komm, Lotte«, sagt er schließlich ruhig. »Lass uns zurückgehen und uns was Trockenes anziehen.«

Niemand sieht uns, als wir hinter dem Haus zum Anbau schleichen, so machen wir uns wenigstens nicht peinlich.

Als wir uns im Hausflur trennen, sage ich betont locker: »Das war aber mal erfrischend.« Und Rob meint grinsend: »Echt, Lotte, mit dir würde ich gerne mal Pferde stehlen!«

Während er im Jungenflur verschwindet, husche ich die nur spärlich beleuchtete Treppe zu den Mädchenzimmern rauf und hinterlasse garantiert eine feuchte Spur. Aber das ist mir im Moment egal. Sollen sich die Leute ruhig den Kopf zerbrechen, ob die von einer Meerjungfrau oder einem Wiedergänger aus dem Meer stammt.

Hihi, die werden sich schön gruseln, denke ich kichernd und streife mir auf unserer Bude rasch die nassen Klamotten vom Leib. Erst dann merke ich, dass Hanna dort bereits im Bett liegt. Uups! Das heißt, sie liegt gar nicht, sondern sitzt, als ich sie bemerke, mit angezogenen Knien kerzengrade darin. Auch ich erstarre jetzt vor Schreck. Mit der hätte ich hier wirklich nicht gerechnet.

»Ich, äh, denke du bist auf der Party?!«, rutscht es mir also heraus. »Warum bist du schon hier?«

»Das könnte ich dich ja wohl auch fragen.«

»Mach doch«, sage ich und muss lachen.

»Warum machst du kein Licht?«, nörgelt sie und wirkt etwas durch den Wind. »Ich habe mich zu Tode erschreckt.«

»Äh, ich muss mir erst was anziehen.« Ich greife zu meinem Pyjama, der über dem Bett liegt. Aber da ich noch nass bin, wäre ein Handtuch erst mal besser.

Im Lichtschein, der durch die Fenster fällt, taste ich mich zum Waschbecken vor und greife nach meinem Handtuch.

»Wieso bist du nackt?«, will Hanna wissen.

Weil ich in meinen Klamotten mit Rob unter die Dusche gegangen bin …? Nee, das kann ich jedem sagen, aber nicht Hanna, die guckt mich nie wieder an und läuft mit fliegenden Fahnen noch heute zu Ramona über. So wie die zu Jungen steht.

»Äh, ich bin ins Wasser gefallen.«

»Wieso? Wo? Warst du alleine am Meer?«

Ich fühle mich nun einigermaßen trocken, taste mich zu meinem Bett zurück und schlüpfe in den Schlafanzug. Dann mache ich das Licht an.

»Sogar deine Haare sind nass«, stellt Hanna fest. »Bist du richtig untergegangen? Wie konnte das passieren?« Sie wirkt nun besorgt. »Hat Marcel dir wieder einen Streich gespielt?«

Es wäre leicht, einfach zu nicken, aber das wäre gelogen, und warum soll ich Hanna anlügen. Ich setze mich zu ihr aufs Bett und erkläre ihr, dass ich vom Tanzen so durchgeschwitzt war, dass es mir eine gute Idee zu sein schien, mich an der Stranddusche ein wenig zu erfrischen. Dass Rob dabei war, muss ich ihr ja nicht unbedingt auf die Nase binden. »Tja, und da habe ich mich etwas verkalkuliert und war plötzlich richtig patschnass. Wenigstens hat mich niemand so gesehen.«

Jetzt muss Hanna lachen. »Was du auch immer machst, Lotte«, sagt sie und singt leise: »Lotte, Lotte, Chaosmotte …«

Ich kann nicht anders, ich muss einfach meinen Arm um sie legen und sie einmal feste drücken.

Hanna lehnt sich zurück aufs Kissen. »Bleib noch ein bisschen bei mir«, sagt sie. »Bei dir kuscheln wir doch auch immer.«

Als wir nebeneinanderliegen, ist es so schön wie immer, und ich finde es ganz schrecklich absurd, dass wir uns wegen Ramona streiten. Schließlich sind wir die GIRLS und werden immer und ewig beste Freundinnen sein. Punkt!

»Was machst du bei Hanna im Bett?«, fragt Stine erstaunt, als der Wecker uns aus dem Schlaf reißt. Ich bin etwas angematscht und weiß auch nur noch bruchstückhaft, was am Abend geschehen ist. Hanna wankt noch im Halbschlaf zur Toilette.

»Habt ihr euch wieder vertragen?«

Könnte man so sagen, denke ich und nicke. »Alles paletti. GIRLS sind GIRLS, und wir werden das schon wuppen.«

Stine grinst. »Das ist meine Lotte«, sagt sie. »So gefällst du mir!« Wir schlagen unsere Hände ab und stürzen hinter Hanna her zum Waschraum.

»Wann bist du eigentlich gekommen?«

»Als der Hausvater das Licht ausgemacht hat. Die Party war einfach toll. Wieso bist du so plötzlich verschwunden? Du hast echt was verpasst. Viola hat voll aufgedreht, die scheint sich ja total in den großen Blonden aus Berlin verguckt zu haben.«

»Den?« Hm, schlecht sieht der echt nicht aus, denke ich.

»Ich habe fast den ganzen Abend mit Knut getanzt.« Stine grient wie ein Honigkuchenpferd. »Der ist ja vielleicht ein Spinner.«

Ich schaue sie verwirrt an. Robs Kumpel ist mir eigentlich bisher immer sehr sympathisch gewesen.

»Aber ein netter, netter Spinner. So ein bisschen crazy, jedenfalls beim Tanzen … lustig …«

Ich bin einerseits beruhigt, was meine Einschätzung von Knut angeht, andererseits über den Seelenzustand meiner Freundin alarmiert. Was geht da ab zwischen den beiden?

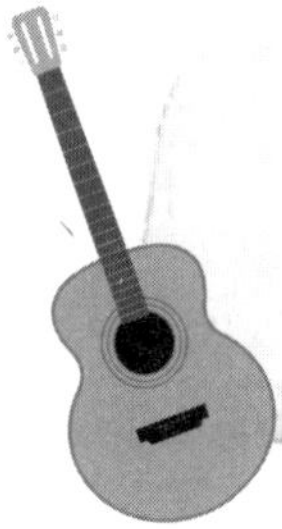

Mississippi-Feeling

Lottes Ferientagebuch – Kapitel 6

in dem eine Zeitreise auf dem Bodden stattfindet, wir über Wasser wandeln, Marcel einen Absitzer macht, die Chicks ein Geheimnis haben und Rubber eine Pyjamaparty verhindert. Ich sag doch, die Welt ist voller Merkwürdigkeiten!

Beim Frühstück herrscht gefräßiges, aber erschöpftes Schweigen. Allen steckt offensichtlich der Grillabend noch in den Knochen, und jeder will nur Ruhe und Frieden.

Bis auf den Moment, wo Marcel sein Geschirr abräumt, klappt das auch bestens. Dann aber ertönt ein Schrei, und Knut brüllt: »Du verdammter Penner, friss endlich deinen Teller leer oder pack dir weniger drauf. Es kotzt mich an, wie du ständig das Essen wegschmeißt.«

Marcel zuckt zusammen, stellt ganz schnell seinen Teller ab und macht die Biege. Dabei murmelt er: »Ist ja kein Grund, gleich so aggro zu werden.«

»Ist es doch!«, ruft Knut ihm nach. »Ich habe dich gewarnt!«

Im Grünen Klassenzimmer haben wir ein kurzes Plenum, wo wir rasch besprechen, wie am Nachmittag der Ablauf sein wird.

Bergmann teilt mit, dass wir mit dem Bus zum Hafen nach Prerow gebracht werden und da dann auf den Dampfer umsteigen, mit dem wir die Boddenrundfahrt machen.

»Seid also bitte pünktlich um 14.30 Uhr vorm Haus abmarschbereit.«

Alle finden sich rechtzeitig ein, und der Bus kann starten. Die Stimmung ist prima, denn so eine Bootsfahrt ist natürlich was Besonderes.

»Super, dass Frau Weissgerber das organisiert hat«, lobe ich und finde überhaupt, dass sie zusammen mit Bergmann ein richtig schönes, aber nicht zu überladenes Programm zusammengestellt hat. Es bleibt genug Freizeit, die jeder auf seine Weise nutzen kann.

Ich bin zum Beispiel in der Mittagspause rasch mit Stine zum Meer gelaufen, um dort ein bisschen zu schwimmen. Es ist das Beste, was man an diesen heißen Tagen tun kann. Erfreulicherweise waren Rob und Knut der gleichen Meinung, und so lieferten wir uns eine lustige Wasserschlacht und lagerten nach dem Baden noch ein bisschen in den Dünen und ließen uns die Sonne auf den Pelz brennen.

Rob kitzelte mich mit einem Halm vom Dünengras an der Nase. Ich musste niesen, und als ich die Augen aufschlug, schaute ich in seine wunderschönen Teddybär-Augen. Sofort lief ich rot an.

»Pass auf, dass du keinen Sonnenbrand bekommst«, deutete

Rob das völlig falsch, ersparte mir dadurch aber eine Peinlichkeit. Als wir uns später unter der Stranddusche beim Schullandheim den Sand abduschten, mussten wir natürlich beide an den gestrigen Abend denken.

»Alles gut überstanden?«, spielte Rob darauf an. Ich musste ein aufsteigendes Kichern unterdrücken.

»Ja, bestens. War ein wirklich erfrischender Abend.«

Jetzt hocken wir im klimatisierten Bus und lassen uns zum Hafen kutschieren. Der Busfahrer spielt Seemannslieder, was ich ganz passend finde, die meisten Leute aber ziemlich nervt. Schließlich wird Bergmann die Nölerei zu viel, und er lässt die Musik abstellen. »Bitte, dann singt selber«, sagt er allerdings zu unserer Überraschung. Und weil irgendjemand »GIRLS« brüllt, lassen wir uns nicht lange bitten und singen, zwar mit ziemlich roter Rübe, aber engagiert unseren GIRLS-Song. Klar, dass Ramona sich danach noch mehr an Hanna klebt. So wörtlich muss sie den Song ja nun auch nicht nehmen.

Wir erreichen den kleinen Hafen von Prerow, der an einem Wasserlauf, dem sogenannten Prerowstrom, liegt und mit dem Bodstedter Bodden verbunden ist.

Dort ankern einige Segelboote, und es gibt auch einen Anleger für die Ausflugsschiffe. Unser Schiff wartet schon auf uns. Es heißt *Baltic Star,* ist tatsächlich einem Mississippi-Riverboat nachgebaut, und strahlt außen und innen den Charme des neunzehnten Jahrhunderts aus. Bogenfenster auf dem Hauptdeck und eine weiße Reling im Obergeschoss, nostalgische Verzierungen am Schornstein, den Geländern und der

Kapitänskajüte wirken, als würden wir uns auf eine Zeitreise begeben. Jedenfalls ist das mal was ganz anderes, und wir GIRLS haben unseren Spaß daran, im Salon die nostalgische Atmosphäre zu schnuppern.

Als wir ablegen und durch die traumhafte Natur des Prerowstroms zur Einfahrt in den Bodden schippern, zieht es die GIRLS unweigerlich nach draußen an die Reling. Dort hat man wirklich einen wunderbaren Blick auf die ursprüngliche Landschaft, hohes Schilfröhricht und unzählige Wasservögel. Schwäne, Enten, Blesshühner und was sich sonst noch so alles auf Gewässern tummelt. Im Herbst sollen hier bis zu sechzigtausend Kraniche einfliegen, die sich für ihren Weiterflug nach Afrika auf den Feldern der Umgebung etwas Fett anfuttern und auf der Insel *Große Kirr* im benachbarten Barther Bodden übernachten.

Leider sind die noch nicht zu beobachten, aber auch der Bornstedter Bodden ist ziemlich beeindruckend und wirkt wie ein großer Binnensee, der aber kein Süßwasser, sondern sogenanntes Brackwasser enthält, das noch einen erheblichen Salzgehalt aufweist. Aale mögen so was gerne und werden dort auch viel gefangen.

Der Blick kann frei über die weite Wasserfläche schweifen und endet erst am Schilfgürtel, der den ganzen Bodden umgibt.

Auf unserer Boddenrundfahrt begegnen uns viele Segelboote. Mir fallen besonders einige mit roten Segeln auf. Sie sind relativ breit und liegen sehr flach auf dem Wasser. Es sind Zeesenboote, die hier früher hauptsächlich in Flachwasserzonen verwendet wurden. Heute sind auch sie nur noch eine romantische Erinnerung an frühere, zum Teil gar nicht so romantische Zeiten, denn, wie wir erfahren, war der Fischfang ein hartes und manchmal auch tödliches Gewerbe.

Nach der Fahrt bringt uns der Bus noch zur Seebrücke von Prerow, wo wir uns die Beine vertreten und tüchtig Meeresbrise schnuppern können. Ich mag solche Spazierstege, die ins Wasser gebaut sind. Schon der kleinste Holzableger dieses Mammutbauwerks an einem winzigen Froschteich zieht mich magisch an.

Natürlich muss Marcel unbedingt auf dem Geländer herumturnen und macht prompt einen Absetzer in die Ostsee. Platsch, ist er weg. Natürlich stürzen wir alle an die Brüstung, um zu sehen, ob ihm etwas zugestoßen ist, aber da taucht er auch schon prustend und spuckend und wie ein Hund mit sämtlichen Gliedmaßen paddelnd wieder auf.

Rob und Knut rennen zum nahen Ufer, legen ihre Sachen ab und schwimmen dem Unglücksraben entgegen, während Bergmann versucht, ihn zu beruhigen und zum Ufer zu dirigieren. Rasend feinfühlig ist er dabei nicht, als er knurrt: »Nun reiß dich mal zusammen, Marcel, das Ufer ist keine hundert Meter entfernt, du kannst doch sicher schon stehen.«

Vom Hauptturm des DLRG haben die Rettungsschwimmer das Malheur ebenfalls gesehen und ein Schlauchboot zu Wasser gelassen. Es kommt nahezu zeitgleich mit Rob und Knut bei Marcel an.

Die DLRG-Helfer ziehen Marcel in das Boot und schippern ihn ans Ufer, während Rob und Knut wieder zurückschwimmen und sich dann um Marcel kümmern.

Wir wandern weiter auf der Seebrücke ins Meer hinaus, und da sich inzwischen der Himmel abendlich blau und rot-violett verfärbt, ist die Stimmung total romantisch.

Über dreihundert Meter weit ist dieser Steg in die Ostsee hineingebaut. Es ist ein tolles Gefühl, so über das Wasser laufen zu können.

»Hier würde ich gerne jeden Morgen ein bisschen joggen«, sagt Stine. Und ich kann ihr nur zustimmen. Herrlich frische Luft, wunderschönes Meer und ein weiter Horizont laden außerdem dazu ein, ein wenig zu meditieren und die Seele baumeln zu lassen. Ich denke an unsere Atemübungen, die wir von Susi in der Musikschule gelernt haben, und probiere die gleich mal aus, und schon machen Hanna und Stine mit. Hach, ist das toll! GIRLS on tour!

Marcel und Mrs Picklestone fahren mit dem Bus zum Schullandheim, während die übrige Klasse am Strand zurückwandert. Die Stimmung ist selten harmonisch, nun wo Marcel mal nicht ständig nervt, und selbst Viola scheint von der romantischen Abendstimmung beeindruckt zu sein.

Rob und Knut laufen in ihren noch feuchten Badehosen neben uns her.

»Zieh wenigstens dein T-Shirt an, Rob, damit du dich nicht erkältest«, schlage ich vor. »So ein Trottel! Wie kann man denn über dieses Geländer fallen.«

Knut lacht. »Ich glaube, Marcel kann überall runterfallen und allen Mist der Welt verzapfen. Er ist einfach ein geborener Chaot.«

»Na, gut, dass ihr auf ihn aufgepasst habt«, sagt Stine. »Aber eigentlich ist er ja alt genug, um selbst ein bisschen auf sich zu achten. Ich glaube, er sollte allmählich aufhören zu glauben, dass er ständig den Klassenkasper spielen muss. Den hätte er ruhig in der Grundschule lassen können, denn lachen kann über seinen Blödsinn wirklich niemand mehr. «

Das hat sie so treffend formuliert, dass dem nichts mehr hinzuzufügen ist, und wir wechseln das Thema. Marcel soll sich im Heim trockenlegen und uns für heute wirklich mal in Ruhe lassen.

Nach dem Abendessen unternehme ich mit den GIRLS noch einen Spaziergang zum Strand. Auf dem Weg durch die Dünen hören wir plötzlich hinter einem mit dichtem Strandhafer bewachsenen Hügel erregte Stimmen. Die von Marcel und von Viola sind unschwer zu identifizieren. Solche Organe gibt's jeweils nur einmal.

»Was geht denn bei denen ab?«, frage ich verwundert. »Marcel bläst sich ja mal wieder ganz schön auf.«

Stine zuckt die Schultern. »Hat er wohl nötig nach seiner peinlichen Vorstellung auf der Seebrücke.«

Hanna switcht bereits in den Schleichmodus und legt den Finger auf den Mund.

»Pst ...«, flüstert sie. »Lasst mal Mäuschen spielen.«

Nette Umschreibung für Ausspionieren, aber auch ich erliege mal wieder sofort meiner angeborenen Neugier. Doch, da kann ich gar nichts gegen machen, steckt in den Genen. Solchen unklaren Sachen muss ich einfach sofort auf den Grund gehen.

Stine kichert und schüttelt grinsend den Kopf. Sie findet unser Verhalten offenbar mal wieder vollkommen kindisch.

Allerdings nicht kindisch genug, um nicht auch selbst mitzumachen.

Wir schleichen also ein wenig näher, klettern vorsichtig die Düne hinauf und linsen durch die hohen Grasbüschel, die einen prima Sichtschutz abgeben.

Uups! Ich fühle den Sand unter mir nachgeben und rutsche mit einer kleinen Sandlawine abwärts. Meinen erschrockenen Schrei kann ich zwar gerade noch bremsen, mich aber nicht. Hanna und Stine schauen mir verblüfft nach, und von jenseits des Dünenhügels sagt jemand in das Gezanke zwischen Marcel und Viola hinein: »Seid mal still, ich glaube, ich habe da was hinter der Düne gehört ...«

Einen Moment herrscht Schweigen. Ich sehe, wie Hanna und Stine in Deckung gehen, und presse mich selbst, so flach es geht, in den warmen Sand. Unter anderen Bedingungen könnte man sich darin eingraben und einen Schönheitsschlaf halten. Äh ... ja ... jetzt eher nicht.

»Da ist nichts«, sagt eine andere Stimme, und Marcel blubbert: »Nun versuch nicht abzulenken, Ramona.«

Ich werde wieder hellhörig. Wovon soll Ramona nicht ablenken? Das wird ja immer interessanter. Vorsichtig wälze ich mich aus dem Sand und krabbele auf allen vieren den Hügel wieder hoch. Auch Stine und Hanna richten sich nun auf und spitzen erneut durch das Dünengras.

»Alles okay mit dir?«, wispert Hanna, als ich bei ihnen angelangt bin. Ich nicke und riskiere nun auch selbst einen Blick. Oha, was ist denn da los?

In einer Dünenmulde hocken zwischen Getränkeflaschen und Naschsachen die Chicks auf ihren Strandlaken. Vor ihnen haben sich die Poser Marcel, Kevin und Ratz aufgebaut. Nach einer Party sieht es allerdings nicht grade aus. Eher nach einer Art Überfall.

Anscheinend sind Marcel und seine Dumpfbacken den Chicks nachgeschlichen, und die fühlen sich ganz offensichtlich belästigt, denn Viola keift gerade: »Verpufft euch, das ist unser Platz, ihr habt hier gar nichts verloren. Kann man denn nirgends seine Ruhe haben?!«

Aber es scheint nicht nur um die Belästigung zu gehen, denn Marcel rührt sich kein Stück vom Fleck, sondern sagt frech: »Könnt ihr haben, eure Ruhe. Sobald wir eine Antwort auf unseren Vorschlag kriegen, dürft ihr hier gerne nackig sonnenbaden.« Seine Lache klingt jetzt richtig dreckig. Müssen bei dem die Hormone verrücktspielen!

»Was denn für ein Vorschlag?«, fragt Hanna wispernd. Ich lege den Finger auf den Mund, denn Viola giftet grade: »Du glaubst doch nicht im Ernst, dass wir euch mitnehmen! Wir machen uns doch nicht bei den Jungs aus Berlin lächerlich.«

Ich sehe, wie Marcel vor Zorn rot anläuft. »Deine Überheblichkeit wird dir schon noch vergehen, wenn ich Zwiefalten stecke, was ihr vorhabt.«

»Petze!«, rutscht es Ramona raus, und Viola schnaubt: »Das ist Erpressung, ganz miese Erpressung.«

Marcel hat nun sichtlich wieder Oberwasser, denn er sagt mit einem hämischen Grinsen im Gesicht: »Tja, wenn ihr ständig über alles rumgackert, müsst ihr euch nicht wundern, wenn eure Geheimnisse keine bleiben.«

»Ihr habt uns nachspioniert und sonst gar nichts. Jetzt tut doch nicht so unschuldig.«

»Ist doch egal, wie wir an die Info gekommen sind«, schaltet sich nun der lange Kevin ein. »Fakt ist, dass wir wissen, dass ihr euch Donnerstagabend heimlich mit den Jungs aus Berlin treffen wollt. Und die Picklestone und Zwiefalten ganz sicher etwas dagegen haben werden, wenn wir ihnen das erzählen.«

»Genau.« Marcel nickt mit dem Kopf und knurrt jetzt mit einem ungeduldigen Unterton in der Stimme: »Also macht euer Angebot, wir haben nicht ewig Zeit.«

Ich sehe, wie die Chicks aufstehen und flüsternd die Köpfe zusammenstecken.

»Da bin ich aber mal gespannt«, zische ich Stine und Hanna zu, die sehr konzentriert auf die Szene starren. Das ist ja vielleicht ein Ding, denke ich dabei und hoffe, dass die Chicks sich von den Dumpfbacken nicht erpressen lassen. Doch nicht wegen ein paar Typen aus Berlin.

Aber ich habe mich getäuscht. Offenbar beginnt auch bei denen durch die aufziehende Pubertät das Gehirn zu verdampfen, denn Viola sagt jetzt bemüht cool: »Also okay. Das ist unsere Party, und ihr seid nicht eingeladen. Aber ihr könnt euch eine Schachtel Zigaretten und ein paar Flaschen Bier am Bunker abholen, dann macht ihr sofort die Biege. Ist das klar?«

Marcel grient. »Na, bitte, geht doch«, sagt er triumphierend und an seine Kumpels gewandt: »Kommt Jungs, der Abend ist gerettet.«

Als er mit Kevin und Ratz durch die Dünen davonstolpert, geben auch wir unseren Beobachtungsposten auf und machen uns in Richtung Strand davon.

Wir sind kurz davor zu platzen, müssen uns aber beherrschen, bis wir außer Hörweite der Chicks sind, um nicht aufzufliegen. Aber kaum haben wir den Dünengürtel hinter uns gelassen, bricht es aus mir heraus: »Ja, sagt mal, was war das denn? Sind die Chicks jetzt völlig durchgedreht? Die wollen doch nicht heimlich mit fremden Jungs im Wald Party machen?«

»Und rauchen und Alkohol trinken …«, ergänzt Hanna völlig verstört. »Die spinnen doch, wenn das die Lehrer erfahren!«

Stine breitet ihr Handtuch aus und legt sich mit Blick aufs Meer auf den Bauch. Sie sagt erst mal nichts. Offenbar hat es ihr die Sprache verschlagen.

Wir pflanzen uns neben sie, und nachdem auch ich eine Weile der leichten Brandung zugesehen habe, die ein frischer Nordwind an den Strand rollen lässt, kann ich ihr Schweigen nicht mehr ertragen.

»Nun sag doch auch mal was, Stine! Du bist schließlich Klassensprecherin, wie findest du denn so was?«

Stine richtet sich auf und hockt sich in den Schneidersitz.

»Das ist ja grade das Problem. Wo ich jetzt weiß, was die vorhaben, bin ich in einem echten Dilemma.«

»Wieso?«

»Na ja. Erstens finde ich es persönlich nicht gut, und zweitens müsste ich als Klassensprecherin ja vielleicht die Lehrer informieren, wenn zwei Grüppchen gegen die Anordnungen verstoßen.«

»Ach, du Schreck!« Mir war gar nicht klar, dass Stine in so einer Zwickmühle steckt. Das ist ja wirklich blöd. Eine Klassensprecherin hat es wirklich gar nicht so leicht.

»Aber du willst sie nicht wirklich verpfeifen?«, sage ich und denke, dass sie dann ja nicht besser wäre als Marcel … allerdings … es ist natürlich schon etwas anderes, ob man sich als Klassensprecherin verantwortlich fühlt oder nur für sich selbst Kapital aus so einer Sache schlagen will … Ich finde, dass es eine richtig bescheuerte Situation ist, und möchte nicht in Stines Haut stecken. Hanna hat weniger Probleme damit.

»Du solltest mit Mrs Picklestone darüber sprechen«, schlägt sie nämlich sofort vor.

Stine schüttelt den Kopf.

»So einfach ist das nicht. Ich will die Chicks ja nicht verpfeifen, und so kommt es auf jeden Fall rüber, wenn ich die Lehrer einschalte.«

»Dann sprich mit den Chicks und rede es ihnen aus«, mache ich einen Vorschlag, an dessen Wirksamkeit ich aber selbst nicht glaube.

Stine auch nicht, denn sie zuckt die Schultern und meint nur vage: »Könnte ich versuchen, aber ich verspreche mir davon ehrlich gesagt nicht viel. Die haben sich doch offensichtlich schon mit den Typen aus der Berliner Siebten verabredet und werden ganz sicher keinen Rückzieher machen wollen.«

Klar, dann wären sie bei denen unten durch.

»Man müsste einen Weg finden, wie sie ihr Gesicht wahren können«, denke ich laut weiter.

»Das ist aber doch nicht unsere Aufgabe«, wirft Hanna unfroh ein und will sich durch so ein blödes Chicks-Problem den schönen Abend nicht verderben lassen.

Aber Stine ist ja nun mal Klassensprecherin und kann da nicht einfach drüber hinweggehen. Ich verstehe das.

»Und wenn du mal mit Rob sprichst?«, mache ich einen Vorschlag, von dem Hanna sofort begeistert ist.

»Das solltest du echt tun, Stine!«, sagt sie, um die Debatte abzuschließen. Weil Himmel und Meer sich heute besonders prächtig verfärben, hocken wir uns in den Lotussitz und genießen nun schweigend die Sonnenuntergangsstimmung. Chicks und Dumpfbacken sind vergessen.

Wir sind schon in die Betten gekrabbelt und lesen noch ein bisschen in den Materialien für unsere Arbeitsgruppen, als wir auf dem Flur Geräusche hören. Da Neugier bekanntlich mein zweiter Name ist, spritze ich sofort hoch, öffne die Tür einen Spalt und linse in den Flur. Hey, was geht denn da ab? Ich sehe die Chicks, eine nach der anderen aus ihrem Zimmer schleichen. Ja, eindeutig schleichen, das heißt, sie haben irgendetwas Geheimes vor, das niemand mitbekommen soll. Mit meiner Wachsamkeit haben sie natürlich nicht gerechnet.

Hm, wo wollen die denn hin? Die Frage ist berechtigt, weil alle vier im Nachthemd oder Schlafanzug stecken.

Ich teile Stine und Hanna flüsternd meine Beobachtung mit, und wir überlegen grade, ob wir ihnen nachspionieren sollen, als aus dem Treppenhaus ein dumpfes, dunkles Bellen ertönt. Klar, dass wir sofort hinrasen, um nachzusehen, was da los ist.

Als wir an der Treppe ankommen, sehen wir die Bescherung. Auf dem Treppenabsatz zwischen den beiden Stockwerken stehen die Chicks, schlotternd vor Angst an die Mauer gedrückt. Unmittelbar vor ihnen hat sich in ehrfurchtgebietender Pose Riesenhund Rubber aufgebaut und knurrt sie grollend an. Mit den Vorderpfoten steht er auf dem Absatz, mit den

Hinterbeinen auf einer nach unten führenden Treppenstufe. Diese halbaufgerichtete Haltung lässt ihn richtig furchterregend aussehen. Klar, dass an ihm kein Weg vorbeiführt, es sei denn, man ist lebensmüde. Zurück nach oben trauen sich die Chicks aber auch nicht, denn bei der kleinsten Bewegung verstärkt Rubber sein drohendes Knurren.

Da geht auch noch das Licht aus. Klar, ist ja eine Automatik zum Stromsparen. Puh, jetzt würde ich mich als Chick aber ziemlich fürchten, so allein im Dunkeln mit einem Riesenhund.

Ich frage mich grade noch, wie Rubber überhaupt in der Nacht auf den Treppenabsatz kommt, als auch schon sein Herrchen auftaucht. Hat Bergmann ihn tatsächlich als Wachhund zwischen Mädchen- und Jungenflur eingesetzt? Ist das vielleicht seine »pädagogische Aufgabe«? Ich muss grinsen, weil so was ja nicht wirklich sein Ernst sein kann.

Ist es auch nicht, denn unser Klassenlehrer sagt leise, noch bevor er die in die Ecke gedrückten Chicks gesehen hat: »Da bist du ja, du Schlingel! Habe ich die Tür offengelassen? Du sollst doch nicht im Haus herumschleichen! Psst, nicht knurren, ich bin es.«

Er tastet sich zum Lichtschalter, und als das Licht aufflammt, sind die zu Eis erstarrten Chicks nicht mehr zu übersehen. Einen Moment scheint es Bergmann die Sprache zu verschlagen, dann ist er mit wenigen Schritten bei Rubber und packt ihn am Halsband. Wir treten vorsichtig ein wenig zurück, denn schließlich wollen wir nicht auch noch entdeckt werden.

Rubber stellt sein Knurren ein, dafür faucht jetzt Bergmann die Chicks an: »Was ist das hier für ein Auflauf? Was treibt ihr zu so später Stunde auf der Treppe? Und noch dazu in Schlafkleidung?«

Ich denke, ich könnte ihm die Antwort geben, denn das sieht mir verdammt nach einer verbotenen Pyjama-Party aus. Wenn die mal nicht auf dem Weg in den Jungenflügel waren … vielleicht sogar zu den Jungs aus Berlin.

Das geben sie natürlich nicht zu, und so windet sich Viola heraus, indem sie das Blaue vom Himmel herunterschwindelt.

»Äh, die, äh, Toiletten sind kaputt … die … äh … Wasserspülung … wir … wir haben uns nicht alleine auf die Jungentoiletten getraut … darum … sind wir alle zusammen gegangen … äh … wollten wir gehen … aber da war plötzlich der Hund …«

Sie presst mit viel Schauspielertalent einen megageknickten Ausdruck in ihr Gesicht und schickt dann einen peinlich flehenden Augenaufschlag zu Bergmann rüber. Der glaubt ihr natürlich kein Wort, hat aber offenbar auch keine Lust, so spät noch die Toiletten im Mädchenflur zu kontrollieren.

Er schnappt sich seinen Hund und geht mit ihm die Treppe runter.

»Soso, defekte Toiletten, kein Wasser. Hm, das muss ich dann wohl gleich morgen früh dem Hausvater melden.«

Er dreht sich nach den immer noch schockgefrorenen Chicks um. »Was ist, wollt ihr da festwachsen? Dann macht, dass ihr auf die Toiletten kommt und dann ab zurück in eure Betten.«

Nun kommt Leben in die Hühner, und obwohl garantiert keine muss und auch keinen Bock auf ein Jungenklo hat, stolpern sie die Treppe runter und verschwinden aus meinem Blickfeld.

Wir können uns kaum noch das Lachen verkneifen, ziehen uns darum schnellstens auf unser Zimmer zurück und prusten da erst einmal laut los.

»Die sind ja wohl voll crazy«, sage ich kichernd.

»OMG, wie peinlich! Ich wäre gestorben, wenn mich Zwiefalten im Nachthemd aufs Jungenklo geschickt hätte«, meint Hanna keuchend. »Das war doch sicher wieder eine von Violas dummen Ideen. Garantiert wollte die mit den Chicks bei den Berliner Jungs eine Pyjamaparty machen. Die arme Ramona.«

Mir bleibt mein Lachen im Hals stecken. »Ach, die arme, arme Ramona«, wiederhole ich ironisch. »Hast du eigentlich nichts anderes mehr im Kopf?«

Das kommt jetzt ziemlich unfreundlich, und die gute Stimmung ist hin. Aber es nervt mich tierisch, dass man nicht mal mehr ein bisschen Schadenfreude über so eine blödsinnige Chicks-Aktion zeigen kann, ohne dass Hanna sofort versucht, Ramona zu entschuldigen oder zu verteidigen.

Stine schaut mich fragend an, hält sich aber ansonsten raus. Hanna ist beleidigt und murmelt nur: »Ich werde ja wohl mal ein bisschen Mitleid haben dürfen.«

Ich rolle mich auf die Seite und starre die weiße Wand an. Wo soll das nur hinführen?

»Wollen wir schlafen?«, fragt Stine, und weil sie keine Antwort bekommt, legt sie ihr Buch weg und knipst das Licht aus.

Mir fallen die Augen zu, und ich träume ausnahmsweise wieder einmal von Elysium. Prinz Eron hilft mir auf den Pegasus, und als der seine Flügel ausbreitet, schweben wir über den Darß, umkreisen den Leuchtturm und galoppieren nach einer Punktlandung über die Seebrücke von Prerow und dann über den Seedeich bis zur Großen Kirr, der Kranichinsel im Bodden. Dort schwingt sich unser Flügelross wieder in die Lüfte und Tausende von wunderschönen Kranichen steigen in einer riesigen Vogelwolke mit uns in den Himmel. Als wir über dem offenen Meer sind, geht im Osten die Sonne auf. Ich drehe mich zu Eron um, aber plötzlich sitzt Rob an seiner Stelle und lächelt mich an. Gemeinsam schweben wir im Gleitflug des Pegasus' in den Sonnenaufgang, und alles ist gut.

Toller Tag und spannende Nacht

Lottes Ferientagebuch – Kapitel 7
in dem wir Prerow erkunden, Freundschaft ein schwieriges Thema bleibt, der Urwald bei Nacht erforscht wird, die GIRLS nachhaltige Erlebnisse haben und ich lerne, dass nachts das Leben nicht stillsteht.

Heute machen wir einen Ausflug nach Prerow, und da ist endlich mein Projekt dran, worauf ich mich riesig freue.

Jetzt sitze ich allerdings mit meinen Clubschwestern noch etwas verpennt im Grünen Klassenzimmer und lasse mir von Marcel und Kevin die Ohren volllabern, die mit ihrem Kurzreferat in die Geschichte des Ortes einführen sollen, den wir gleich etwas gründlicher erkunden werden.

»Prerow war bis zum Ende des 19. Jahrhunderts ein Bauern-, Fischer- und Seefahrerdorf. Es erlebte die Blüte und den Niedergang der Seefahrt hautnah. 1854 kam der erste Badegast, worüber die Einheimischen nur die Köpfe schüttelten.«

Als Marcel das aus einer Broschüre vorliest und sich dabei ständig verhaspelt, schütteln auch wir die Köpfe, aber dann bekommt Kevin den Rest doch noch ganz gut hin.

Ich finde es ziemlich interessant, dass Prerow schon im Mittelalter als Ort erwähnt wurde. Der Name bedeutet übrigens so was wie »Durchbruch«, und nachdem wir gestern mit dem Schiff so quasi vom Prerow-Strom in den Bodden durchgebrochen sind, ist der von den ersten Siedlern eigentlich ganz passend gewählt worden.

Kevin erzählt dann etwas übertrieben dramatisch von Seeräubern, Sturmfluten und wechselnder Fremdherrschaft unter Schweden und Dänen. Aber es gab auch eine Blütezeit der Seefahrt, und wie überall in den Küstenorten boomte der Fischfang, und die Fischer fuhren mit immer seetüchtigeren Schiffen bis in den hohen Norden. Zu dieser Zeit gab es mehr als hundert Kapitäne in Prerow, die überwiegend in schmucken reetgedeckten Katen lebten, wenn sie denn mal zu Hause waren. Hm, eine Seemannsbraut hätte ich jedenfalls damals nicht sein mögen.

»Die bunt bemalten und reich verzierten Haustüren der ehemaligen Kapitänshäuser erzählen noch heute von dieser stolzen Zeit«, liest Kevin grade vor, und ich brenne schon darauf, diese zu entdecken und für unser Malprojekt zu fotografieren. Das macht bestimmt Spaß.

Ich finde es interessant zu erfahren, dass nach dem Ende der Seefahrt schon Mitte des 19. Jahrhunderts der Tourismus in Prerow anfing. Erst kamen Künstler, Schriftsteller und Maler, die zum Teil bedeutende Werke hier schufen und sich beeindruckende Villen bauten.

»Wir werden euch nachher im Ort einige davon zeigen«, verspricht Marcel. Na, da bin ich gespannt. So chaotisch wie Marcel gestrickt ist, wird er uns doch bestimmt auf der Suche danach komplett in die Irre führen. Es sei denn, er hat so einen praktischen (Lebens-)Kompass wie ich. *g*

Gut, ganz so schlimm kommt es dann nicht. Als wir unsere Räder am Radparkplatz angeschlossen haben und in den Ort strömen, führt Kevin uns relativ zügig zu einigen Künstlerhäusern. Mir gefällt ganz besonders eine steinalte Fischerkate, das sogenannte *Eschenhaus*, das laut Kevins Broschüre »eines der ältesten erhaltenen Wohnhäuser in Prerow« ist. Es hat tatsächlich dem Maler gehört, von dem uns Hinrich am Weststrand erzählt hat. Das finde ich toll, denn die Kate hat etwas sehr Heimeliges, so wie sie sich mit ihren Sprossenfenstern und der holzverkleideten Fassade unter das tief heruntergezogene Reetdach zu ducken scheint. Genauso romantisch, wie ich es mir vorgestellt habe. Auch die prächtig verzierte Haustür erfüllt alle meine Erwartungen.

Die Malgruppe hat für diese Exkursion tatsächlich ihre Handys wiederbekommen, und so mache ich sofort ein paar Fotos. Diese Tür passt schon mal super in unser Projekt.

Wir besichtigen auch noch gemeinsam die alte Seemannskirche. Der rote Backsteinbau mit seinem hölzernen Turm ist, wie Knut uns in seinem Kurzreferat berichtet, »das älteste Gotteshaus auf dem Darß«.

Ich finde die Kirche sehr trutzig, und sie war bestimmt für viele Seemannsfrauen, welche sehnsüchtig auf die Heimkehr der Schiffe mit ihren Männern warteten, ein Ort des Trostes und der Hoffnung.

In ihrem Inneren bestaune ich die mit viel Liebe und Sorgfalt gebauten Modellschiffe, die von Schiffsbesatzungen gespendet wurden, die einen riskanten Fischzug heil überstanden hatten oder sogar aus Seenot gerettet wurden.

»Aber nicht alle kehrten zurück«, erklärt uns Knut leise. »Viele Seeleute mussten auf den Weltmeeren ihr Leben lassen. Besonders im nördlichen Atlantik fielen ganze Schiffsbesatzungen Sturm und Wogen zum Opfer.«

Stine, Hanna und ich zünden ein paar Kerzen an, so wie es sicher auch viele Frauen getan haben, die hier für eine glückliche Heimkehr ihrer Liebsten beteten. Immerhin verdienten zeitweilig fast alle Männer aus Prerow den Lebensunterhalt für ihre Familien auf See.

Als wir die Kirche verlassen, werfe ich mit den GIRLS noch einen Blick auf den alten Kirchhof, wo einige sehr alte und kunstvoll gestaltete Grabsteine erhalten sind. Hanna findet es aber ein wenig gruselig, zwischen alten Gräbern herumzulaufen, und so ist sie froh, als wir uns nun in Gruppen aufteilen.

Einige Leute gehen in das Darß-Museum, während andere sich über technische Details und Statik der Seebrücke informieren sollen, was natürlich eine Idee unseres Mathelehrers war, weil er nach Marcels selbstlosem Test offenbar das Bauwerk nicht für hinreichend gesichert hält. »Der Sache gehen wir sofort auf den Grund!«, hat er gesagt und mit einem etwas süffisanten Lächeln hinzugefügt: »Marcel hat damit auf seine Art ja schon angefangen.«

Kichernd verabschiede ich mich von Stine, die mit Rob diese Arbeitsgruppe gewählt hat. Na, für mich wäre das nichts.

Da lasse ich mich doch lieber von Mrs Picklestone auf die Suche nach den schönsten Haustüren von Prerow schicken.

Sie selbst verschwindet mit Emma in einem hübschen Café, vor dem – ich staune nun aber wirklich – bereits Bergmann mit Rubber auf sie wartet. Die Begrüßung ist stürmisch.

Die der Hunde natürlich, was habt ihr denn gedacht! *g*

Erst einmal kaufen wir uns ein Eis, und nachdem es aufgeschleckt ist, stürmen wir einen Souvenirladen, in dem es viele schöne Postkarten mit Darßer Türmotiven gibt. Wir gucken den Ständer durch und kaufen dann die schönsten davon und machen uns damit auf die Suche.

Das ist nicht schwer, denn Türmalerei zieht allein schon durch ihre fröhliche Farbigkeit den Blick magisch an.

Die Türen sind übrigens nicht nur mit bunten Blumen oder maritimen Motiven bemalt, sondern oft auch noch sehr kreativ geschnitzt. Sonnen, Anker und Tulpen tauchen sehr häufig auf, aber manche zieren auch prächtige Blumensträuße in Vasen oder Körben, hübsch arrangiert und merkwürdige, teilweise exotisch anmutende Muster.

Die weitgereisten Seeleute brachten häufig auch ihre Erfahrung mit fremden Kulturen in die Gestaltung ein, und nicht selten stehen wir vor einer Tür, die Muster und Motive zeigt, die man eher in Afrika oder der Südsee vermutet hätte.

Klick, klick, habe ich auch davon ein paar Beispiele auf meinem Handy. Natürlich schießen wir auch ein paar Selfies und Fotos von uns vor diesen prächtigen Türen. Das kann uns ja wohl niemand verbieten.

Irgendwann tun uns die Füße weh, und die Hitze hat uns ausgetrocknet. Also höchste Zeit für eine Erfrischungspause. Wir hocken uns für eine Limo in ein Straßenlokal, und ich blättere in der Broschüre, die ich im Souvenirladen erstanden habe.

»Hier steht, dass hinter der Motivwahl oft eine bestimmte Symbolik versteckt ist, die dem Haus Glück und Segen oder Fruchtbarkeit bringen oder Unheil abhalten soll. Zum Beispiel sind die Schwellen der Häuser meistens hell gestrichen, um das Dunkle und Schlechte schon gleich am Eingang abzuwehren.«

Macht ja irgendwie Sinn. So eine Art Feng-Shui vielleicht. Lass nur das Gute rein!

»Die müssen echt ganz schön reich gewesen sein«, meint Hanna. »Solche tollen Handwerksarbeiten waren bestimmt nicht billig.«

»Das glaube ich auch«, stimmt Ramona ihr zu, »das konnten sich wirklich nur wohlhabende Fischer leisten.«

Ich lese weiter vor: »Die ärmeren Leute haben sich die Reste von Bootsfarben organisiert, die nach dem Streichen der Schiffe im Hafen übrig geblieben sind.«

Das bringt mich auf eine Idee, und mein detektivischer Spürsinn bricht aus: »Meint ihr, man kann erkennen, welche Türen von ärmeren und welche von reicheren Leuten stammen?«

»Könnte schon sein«, meint Ramona und fügt kooperativ hinzu: »Wir können ja mal schauen, ob wir es rausfinden.«

Hm, die soll nicht meinen, dass sie mich so einwickeln kann. »Hat jemand eine Ahnung, warum die Türen dann Ende des 19. Jahrhunderts aus der Mode kamen?«

Schulterzucken. »Ich nehme an, dass es mit der Fischerei irgendwie bergab ging«, spekuliert Hanna, und sie hat recht.

Irgendwann neigte sich die Blüte der Seefahrt ihrem Ende zu und damit auch der Brauch der aufwendigen Haustürgestaltung.

»Heute«, lese ich weiter, »gibt es allerdings wieder Tischlereien, die die bunte Tradition zu neuem Leben erwecken. Als exklusives Souvenir haben die Darßer Haustüren auch schon den Weg in andere Bundesländer gefunden.«

Ich stehe auf. »Okay, Mädels, dann noch mal ran. Gleich ist Treffen am Parkplatz. Wir wollen doch gemeinsam mit den anderen Gruppen zurückradeln. Schließlich wartet noch die Nachtwanderung auf uns.«

»Sagtest du Wanderung? Dazu haben meine Füße aber gar keine gute Meinung.«

»Ach, das wird schon«, mache ich Hanna Mut. »Wenn die den schönen, weichen Waldboden spüren, sind die wieder voll da. Das ist doch reinste Wellness gegen das Pflastertreten im Ort.«

Da wir nun aber gleich die Handys wieder abgeben müssen, ist es höchste Zeit für mich, zu Hause anzurufen. Ich verdrücke mich also seitlich in eine Gasse, stelle mich in eine Türnische und wähle Mam an.

»Lotte?«, klingt diese ganz verwundert. »Ist etwas passiert?«

»Nee, nein … nur so … wir sind in Prerow, und ich habe mal kurz mein Handy wiederbekommen … um Fotos zu machen … ich wollte nur mal hören, was jetzt mit dem Reihenhaus ist? Ihr verkauft das doch nicht wirklich an Ramonas Eltern?«

Ich höre Stimmen im Hintergrund, und Mama klingt nicht sehr erfreut, als sie sagt: »Lotte, ich bin in einer wichtigen

Besprechung. Das kann ich jetzt wirklich nicht mir dir diskutieren. Du bist ja bald wieder zu Hause, okay?«

Okay? Nichts ist okay!

»Aber, Mam, das geht nicht … ihr dürft das nicht machen …«

Sie unterbricht mich, und ich höre lautes Gerede, offenbar ist sie wirklich nicht alleine.

»Lotte, es tut mir leid, aber ich muss jetzt auflegen.«

»Wer ist denn bei dir?«

»Die Jungs von der Jailhouse-Band, die werden langsam ungeduldig. Es war sehr schwierig, sie zu diesem Interview für *Power Girls* zu bewegen … Also, mach es gut, mein Mädchen, es gibt keinen Grund zur Sorge.«

Weg ist sie. Es gibt keinen Grund zur Sorge! Schön wäre es!

Die Nachtwanderung beginnt kurz vor dem Einsetzen des Sonnenuntergangs, in der sogenannten blauen Stunde.

Der Ranger holt uns ab und bringt zwei Junior-Ranger mit. Einen Jungen und ein Mädchen in unserem Alter, welche eine ähnliche Ranger-Uniform tragen wie Hinrich. Sie berichten ein wenig von ihrem ehrenamtlichen Engagement bei den Nationalpark-Rangern und begleiten uns dann auf die Exkursion. Der Junge heißt Henner und das Mädchen Dörte. Die ist mir gleich sympathisch. Sie kennt sich prima mit dem Wald und seinen Bewohnern aus, und man kann sich gut mit ihr unterhalten.

Wir gehen ein Stück nebeneinander, bis wir eine Lichtung mit alten Eichen erreichen.

»Ist ja noch gar nicht dunkel«, mault Marcel. »Voll unspannend.«

»Kannst ja zurückgehen«, legt Knut ihm nahe.

»Durch die langen Tage tritt die Dämmerung erst jetzt langsam ein«, sagt Hinrich gerade. »Das ist gut für uns, denn viele Tiere sind eher dämmerungsaktiv und schlafen nachts, wie ihr ja im Natureum gesehen habt. Wir wollen mal schauen, ob uns einige der dort ausgestellten Gesellen auch in der freien Natur über den Weg laufen.«

»Wohl kaum«, nölt Marcel weiter. »Die sind doch nicht blöd.«

»DIE nicht«, sagt Stine trocken.

Marcel entgeht die Ironie mal wieder, aber wir grinsen.

»Ich möchte jetzt, dass wir uns in drei Gruppen aufteilen«, sagt Hinrich. »Eine geht mit mir, eine mit Dörte und eine mit Henner. Wir führen euch zu Aussichtspunkten in der Nähe von Wildwechseln. Also haltet die Augen offen.« Ich bin gespannt.

Die GIRLS schließen sich Dörte an, und nach einem kleinen Fußmarsch erreichen wir einen dicht bewachsenen Hügel, hinter dem wir uns wunderbar verstecken können. Die kleine Lichtung davor ist eher ein Wegkreuz, an dem sich mehrere Pfade queren.

»Wenn ihr genau hinschaut«, erklärt uns Dörte, »könnt ihr die Abdrücke der Hufe von Rehen und Hirschen erkennen. Rudel beider Tierarten nutzen diesen Wechsel, um von einem Teil des Waldes in den anderen zu kommen.«

Okay, dann stehen die Chancen für eine Begegnung der besonders wilden Art wohl ziemlich gut.

»Seid jetzt bitte ganz leise. Der Wind steht günstig, so steigt unser Geruch dem Rudel nicht gleich in die Nase.«

Sie legt den Finger auf den Mund, als Viola munter weiter mit ihren Chicks gackert. »Psst. Sonst wird das nichts.«

Endlich herrscht Ruhe. Ich bin total aufgeregt, aber es tut sich leider nichts. Dann ertönt plötzlich ein unheimliches Rascheln und Schnauben im Unterholz, und mir wird ein wenig flau im Magen, als eine Wildschweinbache mit fünf schon ziemlich großen Frischlingen auftaucht. Hoffentlich bemerken die mich nicht. Nichts gegen Schweine, aber meine kleine Rosita ist mir da wirklich lieber als so ein ausgewachsenes Darßer Urwaldmonster.

Die Rotte wühlt sich mit ihren Schaufelnasen durch den Waldboden, knabbert schmatzend ein paar Wurzeln und Pilze und verduftet dann im wahrsten Sinne des Wortes wieder im Wald.

»Püh, die müffeln aber«, stellt Viola fest. »Die haben bestimmt seit Wochen nicht gebadet.«

»Das glaube ich doch«, meint Dörte allerdings. »Bei der Hitze ist es allerdings meistens ein Sandbad. Schlamm haben wir zurzeit nicht viel. Der Sommer ist einfach zu trocken.«

Im selben Moment knackt es im Unterholz. Ich halte den Atem an. Aus dem Dickicht tritt ein Reh. Es verhält noch halb verborgen, schaut mit großen, dunklen Augen herum und wittert scheu, ob die Luft wirklich rein ist. Dann tritt es langsam auf die Wegkreuzung. Es folgen nach und nach drei weitere Rehe, darunter ein Bock mit einem kleinen Geweih sowie drei Kitze, die aber bereits ihr Jugendfell tragen. Also keine weißen Flecken mehr haben.

Die Ricken, so nennt man die weiblichen Rehe, schreiten sehr ruhig und achtsam an uns vorüber. Es ist der Wahnsinn! Kaum zwei bis drei Meter trennen uns. Ich habe noch nie ein Reh so nah in der freien Natur gesehen, geschweige denn so viele auf einmal.

Vor Aufregung klopft mein Herz bis zum Hals.

Zugleich ist der Anblick der hellbraunen, schlanken Tiere aber auch wunderschön, und sie strahlen eine unglaubliche Ruhe aus. Ich könnte diesen edlen Wesen ewig zusehen, denke ich gerade, als eines der Rehe den Kopf hebt und die Ohren aufstellt. Sofort halten alle anderen auch inne und lauschen.

Wir machen nichts, verhalten uns wirklich still, aber der Wind scheint ein wenig gedreht zu haben, sodass die Tiere nun doch unsere Witterung aufnehmen. Schwupps, ehe wir's uns versehen, sind sie mit wenigen eleganten Sprüngen wieder im Wald verschwunden.

»Wow«, flutscht es mir heraus. »Das war wirklich toll.«

Wir wollen nun wieder zu den anderen Gruppen stoßen und erleben auf dem Weg dorthin noch die Abendgesänge verschiedener Vögel, einen Buntspecht beim frenetischen Demolieren einer Kiefer, ein paar Eichhörnchen, die geschwind an den Buchenstämmen hochhuschen und sich artistisch durch das Geäst hangeln. Eine Gruppe junger Eber bricht wie eine Horde Halbstarker durch das Unterholz und erschreckt uns ziemlich. Wir bekommen sie zwar kaum zu Gesicht, aber dort, wo sie durchmarschieren, wackeln die Zweige, und es kracht und knackt ziemlich heftig. Auch das Grunzen ist kaum zu überhören. Irgendwie gruselt es mich ein bisschen.

Als wir die anderen beiden Gruppen erreicht haben, beginnt es nun wirklich, dunkler zu werden. Wir befinden uns an einem Waldstück mit vielen alten Bäumen, in deren Stämme tiefe Furchen eingegraben sind und von denen sogar einige kleine Höhlen aufweisen. Hier haben die Spechte ganze Arbeit geleistet und ideale Unterschlüpfe für die Fledermäuse als »Nachmieter« geschaffen.

»Bei uns kommen verschiedene Fledermausarten vor, jetzt kann man meistens den Abendsegler beobachten, der seine Jagd in der Dämmerung beginnt, wenn die Schwalben und Mauersegler schlafen gehen«, erklärt Hinrich und hält einen kleinen Gegenstand hoch, den ich im Dämmerlicht nicht richtig erkennen kann. »Dies ist eine Fledermauspfeife, die ich nur ausnahmsweise benutze. Ihr werdet den Ton nicht hören, denn er liegt im Ultraschallbereich, aber das Echoradar der Fledermäuse kann ihn auffangen und orten. Sie haben keine Angst vor euch, aber haltet euch ein bisschen im Hintergrund und schaut, was passiert.«

Wir treten zwischen die Bäume zurück, und Hinrich stößt zweimal kurz hintereinander in die Flöte und dann noch einmal etwas länger.

Ich höre tatsächlich nichts. Aber die Fledermäuse, die haben was gehört.

Ein regelrechter Schwarm schwirrt plötzlich haarscharf an unseren Köpfen vorbei. Viola schreit hysterisch auf und fängt an, um sich zu schlagen. Sie hat sich offenbar total erschrocken.

Marcel setzt natürlich noch eins drauf, indem er ihr mit Gruselstimme zuruft: »Blutsauger, Viola, es sind Blutsauger, sie wollen DEIN BLUT!«

Es ist jetzt ziemlich finster, und man erkennt die Tierchen nur schattenhaft an ihren Bewegungen, die ein bisschen ruckartig, aber sehr schnell sind. Deutlich ist jedoch ihr Flattern zu hören, ein an- und abschwellendes Rauschen, wenn der Schwarm auf der Jagd nach Mücken und anderen Insekten auf- und absteigt.

Dörte ist zu Viola hinübergegangen und versucht sie zu beruhigen. Als sie sich langsam wieder gefasst hat, ist der Spuk auch schon vorbei. Ich fand es zwar auch ein bisschen unheimlich, hauptsächlich aber war es eine geniale Erfahrung.

Wir machen uns nun langsam auf den Rückweg. Bei einer kleinen Lichtung mit umgestürzten Bäumen halten wir noch einmal an.

»Setzt euch auf die Stämme und seid ganz ruhig«, empfiehlt Hinrich. »Wir wollen so tun, als würden wir jetzt schlafen gehen. Schließt die Augen und lauscht auf die Geräusche des Urwaldes. Es ist ein ganz besonderes Erlebnis, das aber nur funktioniert, wenn ihr euch wirklich entspannt und die Musik der Nacht in euch einlasst.«

Natürlich fängt Marcel gleich wieder an, Blödsinn zu machen und laute Schnarch-Geräusche von sich zu geben. Hinrich ruft ihn aber sofort zur Ordnung und setzt sich neben ihn. Endlich ist es still.

Wieder fühle ich mich an unsere Atemübungen in der Musikschule erinnert, Hanna und Stine offenbar auch. Wir hocken uns darum bereitwillig auf einen Baumstamm und fassen uns bei den Händen. Dann schließen wir die Augen und beginnen tief und konzentriert zu atmen.

Bald merken wir, dass der Urwald nachts tatsächlich gar

nicht still ist, sondern seine ganz eigene Melodie singt. Ich verstehe nun Céline noch besser, denn im Tropenwald geht es bestimmt noch lebhafter zu. Überall gibt es Geräusche, Knacken, Knarren, Knistern, Vogelrufe, das Surren von Mücken oder anderen Insekten … Ein Käuzchen schreit … irgendetwas raschelt durch das Unterholz … Ich bin überwältigt von diesem Leben, weil ich eigentlich gedacht habe, dass der Wald nachts schläft, genau wie wir.

»Der Wald schläft nie«, sagt der Ranger, als wir wieder aufbrechen. »Ich hoffe ihr habt viele seiner Stimmen hören können. Er spricht oder singt in vielen Tonlagen und in vielen Sprachen, er ist ein Kosmos für sich, in dem das Leben nie stillsteht, es wandelt sich nur im Wechsel von Tag und Nacht und im Rhythmus der Jahreszeiten.«

Hinrich und die Junior-Ranger verteilen nun Taschenlampen an uns.

»Geht vorsichtig, damit ihr nicht über Wurzeln oder Strünke stolpert, und achtet auf niedrige Äste. Rennt nicht dagegen. Wir wollen vermeiden, dass sich jemand verletzt.«

Langsam kriecht die Müdigkeit in meine Glieder. Das war ja auch wirklich ein langer Tag.

So schleiche ich mehr, als dass ich gehe hinter Stine und Hanna her und freue mich auf mein weiches Bett.

Vor dem Schullandheim bedanken wir uns noch einmal mit einem herzlichen Applaus bei unseren Rangern. Als ich mir noch eine Flasche Wasser hole, läuft mir Rob über den Weg.

»Na, alles gut überstanden?«, frage ich und drehe durstig die Flasche auf.

»Ja, super. Nur hundemüde jetzt.« Rob setzt sich auf die

Treppe, die zum Mädchenflur führt, und öffnet auch seine Wasserflasche. Ich hocke mich zu ihm auf die Stufe.

»Geht mir auch so«, sage ich, »freue mich echt aufs Bett.«

Wir schweigen einen Moment.

»So ein Wald ist großartig«, sagt Rob. »Ich hätte Lust, auch ein Junior-Ranger zu werden.«

»Schade, dass es bei uns in der Nähe keinen Naturpark gibt.«

»Ja, echt schade. Ich würde gerne mal eine ganze Nacht im Zelt in so einem Wald verbringen.«

Ganz schön mutig, finde ich. Aber da mir nun fast die Augen zufallen, stehe ich auf.

»Irgendwann machst du so was sicher mal«, sage ich.

»Wäre schön, wenn du dann dabei wärst«, meint er grinsend.

Ich merke, wie mir schon wieder heiß wird. Muss er denn auch immer solche Sachen sagen? Ist ja peinlich! Verlegen murmele ich: »Gute Nacht, Rob, schlaf gut.«

»Du auch, Lotte, träum was Schönes.«

Bevor ich mich bedanken kann, ist er weg. Erleichtert atme ich auf, denke aber zugleich, dass wir morgen unbedingt mal wieder etwas zusammen machen müssen. Nur wir beide! Unbedingt!

Rote Rübe hin, Peinlichkeit her!

Kann es sein, dass ich in Bezug auf Rob nicht mehr so ganz normal ticke?

Was geht ab bei den Chicks?

Lottes Ferientagebuch – Kapitel 8
in dem Rob und Knut der Geduldsfaden reißt, Marcel endlich mal den Teller leer isst, und Stine es ehrlich bedauert, Klassensprecherin zu sein. Auch wenn im Wald keine Räuber sind – GIRLS lassen keine Klassenkameradinnen mit fremden Jungs allein, nicht mal die Chicks!

Nach dieser spätabendlichen Wanderung ist am nächsten Morgen für unsere Klasse langes Ausschlafen angesagt. Der Hausvater hat das Buffet länger stehen lassen, und so bekommen wir auch außerhalb der normalen Zeiten noch ein leckeres Frühstück.

Hier muss ich auch mal die Hausmutter erwähnen, die genauso nett und hilfsbereit ist wie ihr Mann. Sie hat uns für unser Malprojekt den Werkraum geöffnet und überzeugt sich, ob auch alles da ist, was wir für unsere Arbeit benötigen.

»Wenn noch was fehlt, meldet euch einfach bei uns im Haus.«

Mrs Picklestone bedankt sich, und wir breiten die Ausdrucke von unseren Fotovorlagen auf dem Werktisch aus. Hanna und Ramona möchten Spanschachteln bemalen, während ich mir einen großen Malkarton hole, um mich an einer ganzen Tür mit ihren Verzierungen und maritimen Malereien zu versuchen. Ist zwar immer noch sehr verkleinert, aber doch nicht so eine Fitzel-Arbeit wie das Bemalen einer Spanschachtel.

Ich suche mir Zeichenkohle, Pinsel und Acryl-Farben, Wasser und Mallappen und lege dann mit einer Kohleskizze los. Bald bin ich ganz in meiner Arbeit gefangen und fühle mich wie einer jener Maler, die hier in Prerow inspiriert wurden. Jedenfalls fühle ich mich auch höchst inspiriert.

Mein künstlerischer Höhenflug wird allerdings unterbrochen, als Stine auftaucht und fragt, wann ich denn Zeit hätte, noch etwas mit ihr für das Beachvolleyball-Turnier zu trainieren.

»Wir müssen uns dringend für ein paar Trainingszeiten eintragen, sonst ist nichts mehr frei.«

»Das geht gar nicht«, reagiere ich sofort alarmiert. Wie soll ich mit ihr antreten, wenn wir gar nicht mehr üben können?

»Sag ich doch, wann kannst du?«

»Gleich nach dem Mittagessen und noch mal am Spätnachmittag, wäre das okay für dich?«

Stine nickt und verspricht, sich entsprechend zu kümmern.

Sie wirft einen Blick auf mein Bild.

»Cool, Lotte, schön bunt«, sagt sie anerkennend, »wie eine echte Darßer Haustür.«

Ich freue mich über ihr Lob und sehe ihr dankbar nach. Sie ist eine tolle Freundin, und schon allein ihr zuliebe möchte ich unbedingt auch gut beim Beachvolleyball abschneiden.

Also hänge ich mich nach dem Mittagessen beim Training auch ordentlich rein. Danach sind wir beide ziemlich ausgepowert, und als ich Stine und Hanna vorschlage, zur Abkühlung ein bisschen Schwimmen zu gehen, sind sie natürlich dabei.

Die Stimmung ist gelöst und fröhlich, doch dann holen uns schon wieder Probleme ein, denn auf dem Bohlenweg zwischen den Dünen begegnen wir den Chicks.

Ich finde, dass Hanna und Ramona entschieden zu freundlich miteinander umgehen, auch wenn es nur ein paar Worte sind, die sie wechseln. Solange die Sache mit unserem Reihenhaus weiterköchelt, halte ich jedes Wort zwischen den beiden für zu viel. Nach wie vor ist die Vorstellung schrecklich, dass Ramona nicht nur unser Haus, sondern auch gleich meine beste Freundin mitkaufen könnte.

Das ist natürlich Quatsch und ganz sicher auch nicht ihre Absicht … Gelegenheit macht zwar nicht immer Liebe … aber zwei aneinandergrenzende Gärten, ein gemeinsamer Schulweg und Hundespaziergänge am Nachmittag sind genug Gelegenheiten, um aus Klassenkameradinnen Freundinnen werden zu lassen.

Ich hasse den Gedanken, und weil ich darum auch Ramona ein wenig hasse, denke ich, dass sie ruhig mit den Chicks in ihr Unglück rennen soll. Was haben wir mit deren Party-Verabredung zu schaffen?

Als ich das auf dem Zimmer etwas weniger direkt formuliere, ist Stine aber gar nicht meiner Meinung.

»Lotte, das sind zwei verschiedene Paar Schuhe. Du kannst dein persönliches Problem mit Hanna und Ramona nicht mit dieser Partysache vermischen. Ich möchte als Klassensprecherin meinen Kopf auch nicht in die persönlichen Dinge unserer Klassenkameraden stecken, aber ich kann schlecht die Augen schließen, wenn die dabei sind, Blödsinn zu machen, und Marcel sie auch noch erpresst.«

Hm, und ich kann die Augen nicht davor verschließen, wenn sich zwischen einer Chick und meiner besten Freundin was anbahnt, denke ich. Aber Stine hat recht, das ist momentan nicht das Thema. Also empfehle ich: »Dann guck doch, ob du Rob findest, und rede erst mal mit ihm.«

»Willst du nicht mitkommen?«

Ich merke, wie ich beim Gedanken daran verlegen werde … aber das ist natürlich völlig blöd. GIRLS müssen zusammenhalten und sich gegenseitig unterstützen. Also nicke ich.

»Okay, dann komm, ich glaube, er übt hinterm Haus mit Knut für das Beachvolleyball-Turnier.«

Stimmt. Als wir am Platz ankommen, fliegen grade die letzten Bälle über das Netz. Als die Jungs sich verschwitzt auf die Bank setzen und mit den Handtüchern den Schweiß abrubbeln, fällt mir ein, dass Stine und ich ja auch noch unsere Trainingseinheit durchziehen müssen.

»Na, Mädels?«, fragt Rob nach einem kräftigen Schluck aus der Wasserflasche. »Wollt ihr auch trainieren? Wir könnten doch mal zusammen ein Match spielen.«

Das ist ein wirklich cooler Vorschlag.

»Gerne«, stimmt Stine sofort zu. »Wir haben den Platz gleich nach dem Abendessen.«

Rob schüttelt den Kopf.

»Da bin ich leider mit Knut unterwegs. Wir haben Bergmann versprochen, einen Parcours für den Orientierungslauf abzustecken.«

»Ach ja, der steht ja auch noch an«, meint Stine. »Darauf freue ich mich schon.« Sagte ich schon, dass sie sehr sportlich ist?

Als die Jungs aufstehen, um zum Duschen zu gehen, hält Stine Rob zurück.

»Kannst du noch einen Moment bleiben?«, fragt sie. »Nur auf ein Wort.«

Rob schaut sie verwundert an, aber Knut, der Stines Frage mitbekommen hat, sagt sehr kooperativ: »Mach nur, Rob. Ich gehe schon mal vor. Um diese Uhrzeit sind sowieso meist alle Duschen belegt.«

Stine und Rob setzen sich wieder auf die Bank, und ich stehe irgendwie ein bisschen dumm herum. Wie bestellt und nicht abgeholt. Weil ich merke, wie mir das Blut wieder in die Rübe steigt, beschließe ich, lieber auch den Abflug zu machen. Stine wird mir schon erzählen, was sie mit Rob besprochen hat.

»Ich bin dann auch mal weg.«

»Bleib doch«, meint Rob zwar noch freundlich, aber jetzt habe ich schon die Flügel ausgebreitet …

»Wir sehen uns später«, sage ich und hebe ab.

»Findest du das denn gut von Ramona, dass sie und die Chicks sich heimlich mit den Jungs aus Berlin treffen?«, will ich grade von Hanna wissen, als Stine ins Zimmer tritt. Natürlich sind wir beide gespannt, was das Gespräch mit Rob ergeben hat.

»Und, was meint Rob dazu?«, fragt Hanna also sofort und lenkt damit ganz nebenbei geschickt von meiner Frage ab.

Sie weiß so gut wie ich, dass Ramona ein ganz heißes Eisen zwischen uns ist.

Stine wirft sich auf ihr Bett und verschränkt die Arme hinter dem Kopf.

»Eigentlich eher nichts«, sagt sie, wirkt aber nicht so richtig enttäuscht.

»Wie nichts?«

»Na ja, er findet, dass es normal ist, wenn sich Mädchen und Jungs von verschiedenen Schulen auf Klassenfahrten verabreden. Ein bisschen Heimlichkeit würde einfach dazugehören, da Lehrer so etwas natürlich nicht genehmigen dürfen. Das hat was mit der Aufsichtspflicht zu tun. Aber was man nicht weiß, macht einen auch nicht heiß. Er meint, Lehrer würden auch nicht gerne alles verbieten, darum behelligt man sie mit solchen privaten Dingen am besten gar nicht erst.«

Nun ist Hanna jedoch ein wenig empört.

»Aber wenn Alkohol und Drogen im Spiel sind, ist das doch wohl was anderes!«

Stine setzt sich etwas auf und wirkt nun doch ein bisschen angenervt.

»Mensch, Hanna, ein paar Zigaretten und ein Schluck Bier sind ja nun noch keine Drogen. Und es ist ja auch gar nicht gesagt, dass die Chicks nicht bei Chips und Cola bleiben. Aber wenn du unbedingt die Spaßbremse sein willst, dann sag du es doch Mrs Picklestone oder Zwiefalten! Ich bin da jetzt raus. Ich habe mich mit Rob darauf geeinigt, dass wir beide am Abend ein Auge auf die Chicks werfen. Mehr können wir wirklich nicht tun – und müssen wir auch nicht.«

Es klingt endgültig, so als wäre das Thema für sie jetzt wirklich ausdiskutiert.

Aber ich sehe das noch nicht so.

»Und wie stellst du dir das vor? Die im Auge behalten?«

»Na ja, Rob meint, er kommt beim Markieren des Orientierungslaufs mit Knut eh am Bunker vorbei, und ich dachte, die GIRLS machen rein zufällig noch einen Abendspaziergang in der Gegend …«

Sie grinst.

»Falls nötig, können wir dann die Schnapsleichen einsammeln …«

Nun kichern wir natürlich ziemlich albern los. Das können wir auch, denn die Chicks sind zwar ziemlich crazy, aber dass sie sich von fremden Jungs mit Alk abfüllen lassen, glauben wir alle drei nicht.

Stines Vorschlag gefällt uns in jeder Hinsicht gut, und sofort rufen wir ein neues Blitzprojekt ins Leben: Chicks bewachen!

Vielleicht können die wirklich selbst auf sich aufpassen, trotz Violas recht lockerer Einstellung zu Jungs und Partys. Sie hat schließlich damit schon mehr Erfahrung als wir. Aber es kann sicher nicht schaden, wenn wir als schnelle Eingreiftruppe vor Ort sind und uns darauf vorbereiten, ihnen notfalls helfend beizuspringen. Besonders, weil ja auch noch Marcel mit seinen Dumpfbacken mitmischen will.

Wirklich, die Unterstützung sind wir unseren Klassenkameradinnen schon allein aus weiblicher Solidarität irgendwie schuldig. Ob sie wollen oder nicht.

»Nein, das ist kein Schnüffeln«, sage ich nur noch auf

Hannas entsprechenden Einwurf. »Es geschieht zu ihrem eigenen Besten.«

Ich habe weder einen siebten Sinn noch sonst irgendwie einen Schimmer, wie richtig ich mit diesem Ausspruch letztlich liegen werde.

Beim Abendessen hat mich irgendwie eine fiebrige Stimmung erfasst. Ich schiele zu den Tischen der Berliner rüber und frage mich, welche der Jungs sich wohl mit solchen Hühnern wie Viola und ihren Freundinnen verabredet haben.

Der Blonde und ein paar andere Typen sehen wirklich gut aus und scheinen auch sichtlich Interesse an den Chicks zu haben. Bei denen steppt offensichtlich der Bär. Aber wenn ich so an unsere Siebties denke, geht bei denen auch ganz schön was ab … also zwischen Mädchen und Jungen …

Ich befürchte, auch bei uns liegt da was in der Luft, denn für mich ist nicht mehr alles so, wie es am Anfang des Schuljahres war. Es ist doch nicht normal, dass ich in Robs Gegenwart emotional so austicke …

Geräusche vom Buffet reißen mich aus meinen Gedanken. Ich schaue hinüber und sehe Marcel und Mrs Picklestone, die sich offenbar in einem Streitgespräch darüber befinden, dass Marcel sich ständig den Teller viel zu voll lädt.

Auch jetzt quillt der fast über, und ich habe selbst schon mehrmals beobachtet, dass er das gar nicht alles aufisst und jedes Mal viel von dem leckeren Essen in der Abfalltonne landet.

»Hast du denn wirklich so viel Hunger?«, fragt Mrs Picklestone mit einem Blick auf Marcels überladenen Teller. »Es ist nicht schön, Essen wegzuwerfen. Wir sollten alle etwas bewusster damit umgehen.«

Marcel geht gar nicht auf die Frage nach seinem Hunger ein, sondern meint nur ätzend: »Klar, mache ich. Ich denke bewusst immer an hungernde Kinder und esse für die eine Portion mit.«

Ich muss mich bremsen, nicht aufzuspringen und ihm für diese Unverschämtheit einen satten Strahl Ketchup ins Gesicht zu spritzen … und Majo gleich noch hinterher! So ein Armleuchter!

Mrs Picklestone hat es total die Sprache verschlagen, aber Rob, der am Buffet steht und die Szene hautnah miterlebt, hat nun wohl auch genug von Marcel.

Ich sehe, wie er ihm etwas zuzischt und dann sagt: »Okay, das wollen wir sehen, Marcel. Komm setz dich, bei guten Taten sind wir immer dabei …« Er zieht einen leeren Tisch etwas nach vorn und schiebt Marcel einen Stuhl in die Kniekehlen, sodass der darauf niederplumpst und sein Teller etwas abrupt auf den Tisch knallt. Knut drückt ihm das Besteck in die Hand und stellt auch noch einen Korb mit Brot daneben. Dann ziehen sich die beiden ebenfalls einen Stuhl heran und setzen sich links und rechts neben den immer noch verdatterten Marcel.

»Guten Appetit«, sagt Rob, und Knut fordert ihn auf: »Lass es dir schmecken.«

Im Speisesaal ist es schlagartig still geworden. Alle starren nach vorn, wo Marcel mit hochrotem Kopf vor seinem vollgeschaufelten Teller hockt. Rob und Knut wie die Schiedsrichter bei einem Burger- oder Spaghetti-Futter-Wettbewerb daneben.

Auch Bergmann ist nun aufmerksam geworden und lässt sich offenbar von Mrs Picklestone informieren, was da grade abläuft. Ich sehe ihn grinsend zu Marcel rüberschauen und nicht die geringsten Anstalten machen einzugreifen.

Auch Kevin und Ratz hocken wie angeklebt auf ihren Plätzen, statt ihrem Bandenchef beizustehen. Na, solche Kumpels kann man ja wohl in der Pfeife rauchen. Apropos Rauchen … Ich muss grinsen. Wenn Marcel das alles aufgegessen hat und nachher noch raucht … na, ich weiß nicht! Ich stelle mir ganz lebhaft etwas richtig Fieses vor und gönne es Marcel von Herzen. Mal sehen, wie viel er verträgt.

Okay, je langsamer Marcel beim Essen wird, desto lauter wird es im Saal. Besonders die Berliner sparen nicht mit aufmunternden Zurufen. Esswettbewerbe scheinen die jedenfalls schon live miterlebt zu haben.

»Klar, mit Currywurst«, sagt Stine. »Die futtern die Jugendlichen da oft um die Wette, je schärfer umso cooler. Schade, dass Marcel nur unser normales Essen vertilgen muss. Ich würde gerne die Flammen aus seinen Ohren schlagen sehen, wenn er solche hotten Teile futtern müsste.«

»Du bist böse«, sagt Hanna und freut sich dennoch sichtlich an Marcels immer krampfhafter werdenden Versuchen, seinen Teller leer zu essen.

»Nun mach mal!«, ruft jemand in den Saal. »Sonst gibt es morgen keine Sonne!«

Und prompt setzen erneut anfeuernde Rufe ein: »Aufessen! Aufessen! Aufessen!«

Mittlerweile sehe ich vor meinem inneren Auge Marcel schon hier am Tisch alles wieder ausspucken, aber er reißt sich erstaunlich zusammen, obwohl er vor Verlegenheit puterrot ist und ihm vor Anstrengung der Schweiß über das Gesicht läuft.

Als Knut ihm noch ein letztes Hühnerbeinchen hinhält, stopft er es mitsamt dem Knochen in sich rein und stürzt dann – von donnerndem Applaus der Berliner begleitet – aus dem Speisesaal.

Rob räumt Marcels Teller ab, und Knut schiebt Tisch und Stühle wieder zurück. Kevin und Ratz rennen hinter ihrem Chef her. Es wird noch viel gelacht bei diesem Abendessen, besonders bei den Berliner Jungs, die ganz sicher eigene Erinnerungen auffrischen. Aber die Inszenierung hat offenbar einen sehr positiven Nebeneffekt gehabt. Jedenfalls sind beim Abräumen fast alle Teller erstaunlich sauber leer gegessen.

»Eine gute Aktion«, höre ich Bergmann beim Rausgehen zu Rob und Knut sagen. »Drastisch, aber wirksam. Respekt!«

Auch ich bin stolz auf Rob, und wieder einmal denke ich, dass er ein Junge ist, der nicht nur redet, sondern auch bereit ist, was zu tun, damit sich Dinge ändern. Da ähneln wir uns irgendwie, und das ist doch wirklich toll.

Das Beachvolleyball-Training mit Stine lenkt mich dann aber erst einmal völlig ab, denn so wirklich gut sind wir noch nicht. Doch unter der Dusche wächst meine Aufregung wieder, und ich bin gespannt, wann das Ding mit den Chicks und den Jungs aus Berlin steigt. Also beeile ich mich, um ihren Aufbruch nicht zu verpassen.

Zurück auf unserem Zimmer lasse ich die Tür einen Spalt offen, so hat Hanna von ihrem Bett aus den Flur im Blick.

Wir liegen schon eine Weile auf der Lauer, und nichts geschieht.

»Die Zeit wäre wirklich besser ins Training für das Beachvolleyball-Turnier investiert«, sage ich gelangweilt. »Können die Chicks nicht selber auf sich aufpassen?«

»Lotte, du bist doch diejenige, die ständig Projekte von den GIRLS verlangt«, meint Stine unbeirrt. »Das ist jetzt wirklich wichtig. Wir können die Chicks nicht mit Marcel und seinen Dumpfbacken und den fremden Jungs alleine lassen. Sicher wird alles gut gehen, was wir ja hoffen wollen, aber es ist besser, wenn wir ihnen notfalls beistehen können. Das war doch auch deine Meinung.«

Ja, war es und ist es auch noch, aber das ändert nichts daran, dass man mit dem Abend wirklich was Besseres anfangen könnte, als Babysitter für die Chicks zu spielen.

Ich will das grade laut sagen, als Hanna »Pst« zischelt und das Gackern der Chicks auf dem Flur anzeigt, dass sie aufbrechen.

Sofort springe ich vom Bett und schlüpfe in meine Chucks. Auch Stine und Hanna sind in wenigen Sekunden abmarschbereit.

Als die Chicks sich hinter dem Haus mit Plastiktüten beladen in die Büsche schlagen, heften wir uns ganz professionell an ihre Fersen. Ist ja nicht unsere erste Observation für ein Projekt. *g*

Allerdings dauert die Verfolgung länger als gedacht.

»Wo ist denn dieser blöde Bunker?«, fragt Hanna schließlich schnaufend.

Es ist noch total heiß und ihr läuft, genau wie uns, der

Schweiß über das Gesicht. Der Pfad, auf dem wir sind, ist ziemlich schmal und führt über Stock und Stein durch den wilden Darßer Wald. Man merkt wirklich, dass hier die Natur sich selbst überlassen bleibt, denn neben dem Weg ist das Unterholz nahezu undurchdringlich. Kreuz und quer stapeln sich dort tote, abgebrochene Äste, und auch über dem Weg liegt hin und wieder ein Stamm, der überklettert werden muss.

Plötzlich hören wir Lachen, und Stine bleibt abrupt stehen. Sie verlässt den Weg und sucht hinter einem ausgeblichenen umgefallenen Baumstamm Deckung. Hanna und ich schleichen zu ihr. Ich gucke vorsichtig über den Stamm und sehe auf einer kleinen Lichtung die Chicks mit den Jungs aus Berlin kichernd die Tüten auspacken. Ein paar Sixpacks Bier und Cola stehen schon auf einem von mehreren Betonklötzen, die hier ziemlich unerwartet herumliegen. Offenbar handelt es sich um Trümmerteile des ehemaligen Bunkers, der hier ja irgendwo sein soll. Ich schaue mich suchend um und erkenne im Hintergrund etwas, was zwar sehr zugewuchert ist, aber möglicherweise ein Bunker sein könnte.

Okay, die Party scheint wohl hier auf der Lichtung stattzufinden. Das ist schon mal beruhigend, denn ich muss an das Warnschild an dem Betonklotz denken, den Céline mir am Strand gezeigt hat. Solche alten Bunkeranlagen sind sicherlich nicht ungefährlich, und es ist besser, wenn die Chicks sich davon fernhalten.

Wir beobachten das Treiben auf der Lichtung eine Weile und finden, dass es in der Tat ziemlich harmlos zugeht. Die Chicks trinken Cola, die Jungs Bier, und ab und zu wird geraucht, wobei Ramona nur ein bisschen pafft und nach wenigen Zügen in bellendes Husten ausbricht. Weitere Versuche lehnt sie dankend ab. Viola gibt sich natürlich mal wieder ganz als Frau von Welt und lässt sich von dem gut aussehenden blonden Jungen, der offenbar in seiner Clique das Sagen hat, ein Bier aufschwatzen und erklären, wie man Zigaretten auf Lunge raucht. Aber so dusselig wie sie sich dabei anstellt, gibt sie eher eine Lachnummer ab.

Jedenfalls finden wir es beruhigend, dass die Berliner Jungs ziemlich zahm und tolerant mit den Chicks umgehen und sie zu nichts drängen. Da war unsere Sorge offenbar unbegründet.

»Wollen wir zurückgehen?«, frage ich also leise. »Das ist hier doch harmlos.« Aber ehe meine Freundinnen noch antworten können, hören wir Stimmen hinter uns, und ein Geräusch lässt vermuten, dass da grade eine Horde Trampeltiere durchs Unterholz bricht.

Ich schlage mir mit der flachen Hand gegen die Stirn. MARCEL! Verdammt, den hatte ich ja ganz vergessen. Wir tauchen erneut in unsere Deckung ab. Grade noch rechtzeitig, denn er bahnt sich mit seinen Kumpels kaum zwei Armlängen von uns entfernt seinen Weg. Ui, jetzt kann es ja doch noch kritisch werden, denke ich und starre zu den Chicks rüber. Das Licht ist diffuser geworden, denn die Abenddämmerung fällt nun bereits ein. Wie ein wild gewordener Eber stürmt Marcel auf die Lichtung. Anscheinend hat er seine »Zwangsverköstigung« besser überlebt, als ich dachte.

Ich frage mich, ob die Berliner sein Spiel wohl mitspielen werden oder ob Viola sich eine List zurechtgelegt hat, um ihn auszutricksen. Immerhin sind die Chicks mit den Berlinern in der Überzahl. Allerdings, so, wie die Dumpfbacken sich aufbauen, breitbeinig, die Hände in die Hüften gestemmt, wirken sie recht bedrohlich, um nicht zu sagen gewaltbereit.

Die Stimmung auf der Lichtung ist sofort total umgeschlagen. Irgendwie kommen mir die Berliner Jungs jetzt viel kleiner und zarter vor … und es wird deutlich, dass auch hinter einer großen Berliner Schnauze nur ziemlich normale Siebties stecken, die gerne Acht- oder Neuntklässler wären, um Mädchen damit imponieren zu können.

Hm, jetzt bin ich aber gespannt, wie die sich aus der Affäre ziehen wollen.

»Was wollt ihr?«, fragt nun der Anführer der Berliner. Viola tritt zu ihm und flüstert ihm was ins Ohr.

»Unser Bier und unsere Zigaretten«, sagt Marcel, ohne seine drohende Haltung zu verändern.

»Kriegt ihr«, sagt Viola, und ihre Stimme quietscht vor Aufregung mal wieder wie eine verstimmte Violine. »Aber dann macht ihr sofort den Abflug.«

»Mal sehen«, sagt Marcel. »Ist ja ganz gemütlich hier.«

Man merkt nun, dass Viola Panik kriegt, denn ihre Stimme flattert, als sie sagt: »Das war aber so verabredet.«

Nun schaltet sich der Berliner Junge ein.

»Habt ihr ein Problem damit?« Er schiebt seine Daumen in die Schlaufen seiner halblangen, ausgefransten Jeans. »Müsst ihr nur sagen, wir trinken unser Bier nämlich gerne alleine weiter.«

Die anderen Jungs sind hinter ihn getreten.

Berliner und Dumpfbacken stehen sich jetzt wie zwei Gangs in einem Actionfilm gegenüber. Die Situation wirkt auf mich ziemlich brenzlig.

»Die kloppen sich doch jetzt nicht?«, flüstere ich Stine und Hanna zu. Beide zucken die Schultern. Das ist auch wirklich grade sehr schwer einzuschätzen. OMG, hoffentlich müssen wir da nicht eingreifen, denke ich. Es war doch bisher alles so schön easy-peasy.

Marcel ist zwar doof, aber nicht lebensmüde. Offenbar hat auch er begriffen, dass sechs gegen drei, selbst wenn drei Mädchen dabei sind, kein gutes Verhältnis ist, um sich auf eine Prügelei einzulassen. Warum auch? Die Berliner scheinen doch bereit zu sein, den mit Viola ausgehandelten Tribut zu zahlen, um ihre Ruhe zu haben und weiter mit den Mädchen feiern zu können.

»Nö, alles klar«, sagt Marcel nun jedenfalls zu unserer Erleichterung. »Gebt uns das Zeug und wir sind weg.«

Viola nimmt einen Träger Bier, lässt sich auch noch eine Schachtel Zigaretten geben, und stellt beides vor Marcel auf die Erde.

»Da«, sagt sie. »Und jetzt verduftet.«

»Na, na, mal nicht so zickig«, knurrt Marcel. »Ich kann euch immer noch verpfeifen.«

Aber nun mischen sich die anderen Berliner ein.

»Mach das und du bist ein toter Mann!«, sagt ein dunkelhaariger muskulöser Junge ganz ruhig, und sein Kumpel meint ebenfalls sehr gelassen: »Hau ab, Opfer! Ehe wir es uns anders überlegen. Mit Leuten wie dir machen wir in Berlin kurzen Prozess.«

Marcel grabscht nach den Sachen, und haste nicht gesehen sind die Dumpfbacken schneller verschwunden, als sie aufgetaucht sind.

Puh, mir klebt der Schweiß im Nacken, und selbst meine Handflächen sind vor Aufregung nass geworden. Auch Hanna und Stine wirken etwas mitgenommen.

»Die können ja ganz schön aggro sein«, wispere ich und denke, dass es wohl besser ist, wenn auch wir den Abflug machen, ehe die uns noch entdecken.

»Wollen wir zurückgehen?«

Stine und Hanna nicken. Ist ja jetzt auch alles wieder im grünen Bereich.

»Ich denke, wir können hier eh nichts mehr tun. Scheint ja alles zu laufen«, meint Stine, und wir treten vorsichtig den Rückzug an.

Mission beendet!

Es wird nun rasch dunkel, und da wir weder Handy noch Taschenlampe haben, ist es ohnehin an der Zeit, zum Schullandheim zurückzukehren, wenn wir uns nicht noch verlaufen wollen. Das tun wir dann aber doch.

Keine Ahnung, wie das passieren konnte, aber irgendwann gab es nicht mehr nur einen Weg, sondern mehrere, und die Wegweiser waren so verwittert, dass man darauf gar nichts mehr erkennen konnte. So stehen wir nun plötzlich vor einem riesigen Ameisenhügel, und links und rechts versperrt uns undurchdringliches Dickicht den Weg.

»Mist!«, stoße ich frustriert aus. »Der war doch auf dem Hinweg nicht hier. Können die Viecher so schnell bauen?«

Stine schüttelte den Kopf. »Wohl kaum. Wir haben uns verlaufen.«

»Das ist ja blöd«, seufzt Hanna und wischt sich den Schweiß

von der Stirn. Sie wirkt direkt ein wenig fertig. »Und was machen wir jetzt?«

»Hier kommen wir nicht durch«, stellt Stine sachlich fest. »Also gehen wir am besten wieder zurück. Irgendwo müssen wir eine falsche Abzweigung genommen haben.«

Ich teile ihre Meinung, und so drehen wir um und pilgern die Strecke wieder zurück, wobei wir sehr darauf achten, ob wir irgendwo Schilder sehen, die uns bei der Orientierung helfen könnten. Ist aber leider Fehlanzeige.

Doch dann wird der Weg plötzlich breiter, und wir schöpfen Hoffnung. Zugleich steigt uns aber ein merkwürdiger Geruch in die Nase.

»Riecht ihr das auch?«, fragt Stine schließlich.

Wir bleiben stehen und schnuppern alle drei. Ich merke, wie ich Panik kriege, als Hanna mit sichtlichem Entsetzen stammelt: »Es … es riecht nach Rauch!«

Verdammt heiß!

Lottes Ferientagebuch – Kapitel 9
in dem so manches lodert und die Flammen hochschlagen, denn wenn Dummheit und Leichtsinn sich paaren, kann es verdammt brenzlig werden. Céline wird, ohne es zu wissen, zum rettenden Engel, und mir wird klar, dass Mut keine Frage, sondern oft die einzige Antwort auf eine gefährliche Herausforderung ist. Also GIRLS, ACTION!

Hanna hat den Satz noch nicht ganz beendet, als wir ein wildes Knacken und Trampeln hören und Marcel, Kevin und Ratz aus dem Unterholz hervorbrechen und wie von Furien gehetzt den Weg runterrennen.

Sie haben uns ganz offensichtlich nicht bemerkt und auch Stines leicht erschütterte Frage, wo sie herkommen, überhört.

»Klar ist auf jeden Fall, dass sie voll in Panik waren und vor etwas davongelaufen sind«, stellt Stine immer noch irritiert fest.

»Wilde Tiere?«, überlege ich.

»Feuer«, kombiniert Hanna. »Vielleicht sind sie vor einem

Feuer geflohen.« Sie greift nach meiner Hand und will mich hinter sich herziehen. Aber ich sperre mich.

»Nun bleib doch mal ruhig, Hanna«, versuche ich, vernünftig zu argumentieren, obwohl ich selbst auch total aufgeregt bin. »Es macht doch keinen Sinn, jetzt einfach kopflos wegzulaufen.«

Stine stimmt mir zu.

»Wir wissen schließlich überhaupt nicht, ob der Geruch von einem Brand kommt. Vielleicht grillt nur irgendwo jemand.«

Sie merkt aber selber, dass das ja nun eine ziemlich dumme Bemerkung ist. Angesichts der wochenlangen extremen Hitze und Trockenheit hier am Darß wird wohl kaum jemand so dumm sein und im Wald grillen. Davon ganz abgesehen, dass jegliches Feuermachen in diesem Naturschutzgebiet sowieso verboten ist.

Aber Hanna greift natürlich sofort nach diesem Strohhalm.

»Ja, ich glaube, da gab es einen Wanderparkplatz mit Grillmöglichkeit. Nicht weit vom Schullandheim. Ich, äh, hab das auf der Karte gesehen, die in der Eingangshalle neben der Information hängt.«

»Okay, dann lasst uns jetzt diesen Weg weitergehen und gucken, ob wir am Ende vielleicht genau dort ankommen.«

Aber je länger wir laufen, umso intensiver wird der Brandgeruch, und es wird vor allen Dingen auch immer dunkler.

Und dann passiert es. Hanna bleibt etwas zurück, und als Stine und ich anhalten und uns nach ihr umdrehen, sehen wir hinter uns einen rötlich flackernden Lichtschein.

»Feuer«, sage ich nahezu tonlos. »Das ist eindeutig Feuer. Ein Waldbrand!«

»Seid ihr sicher, dass dieser Weg wirklich zum Schullandheim führt?«, fragt Stine. Hanna und ich schütteln den Kopf. Eher nicht, denke ich, denn dass die Dumpfbacken auch in diese Richtung gelaufen sind, spricht nicht zwangsläufig für seine Richtigkeit. Also haben wir vermutlich tatsächlich die Orientierung verloren. Mir steigen die Tränen in die Augen. Stine entgeht natürlich nicht, wie bedrückt Hanna und ich sind, und so legt sie tröstend ihre Arme um uns.

»Mädels, nun lasst den Kopf nicht hängen«, sagt sie dabei, »das Feuer ist weit hinter uns, und der Weg führt auf jeden Fall davon weg. Wir müssen jetzt unbedingt ganz schnell weiterlaufen, um Hilfe zu holen, damit sich das Feuer nicht weiter ausbreitet. Es ist zu dumm, dass wir unsere Handys abgeben mussten.«

Ich reiße mich nun auch wieder zusammen.

»Okay, dann los. Jede Minute ist kostbar.«

Wir rennen weiter und treffen schließlich auf eine Wegkreuzung, die uns vertraut vorkommt. Ich will grade aufatmen, als ein dunkler Körper auf mich zuschießt und mich fast umreißt. Ich pralle gegen Stine, die Gott sei Dank meinen Sturz abfängt. Sekunden später fährt mir eine lange heiße Zunge über das Gesicht, verteilt einen halben Liter Sabber darüber und macht mir klar, mit was für einer Art lebendem Geschoss ich es zu tun habe: Rubber!

Der Große jappert und hechelt, und ich schlinge vor Freude meine Arme um seinen starken Hals und lasse Sabber Sabber sein.

»Wo … wo kommst du denn her?«, frage ich völlig von der Rolle. Bergmanns Riesenhund hätte ich hier ja nun überhaupt nicht erwartet. »Bist du wieder ausgerissen, du Schlingel?«

»Nein, ist er nicht!«, höre ich nun auch noch Robs Stimme und denke allmählich, dass ich offenbar in Panik fantasiere …

»Rubber ist unser Spürhund.«

Ich lasse den Hundehals los und richte mich mit Stines Hilfe auf.

Urps! Das ist wirklich Rob da vor uns, und neben ihm steht Knut. Vor den beiden setzt sich Rubber nun sehr brav auf sein Hinterteil, als Rob »Sitz!« kommandiert hätte.

»Was macht ihr denn hier?«, stellt Stine meine Frage noch mal.

Rob lacht.

»Wir haben den Parcours für den Orientierungslauf abgesteckt. Und ihr?«

Das ist doch eigentlich für ihn kein Geheimnis.

»Na, wir haben, wie verabredet, die Chicks und die Berliner Jungs beobachtet«, berichtet Stine also auch sofort, »dann haben wir uns allerdings auf dem Rückweg ein bisschen verlaufen und …« Sie stockt. »Ist euch Marcel mit seinen Kumpels begegnet?«, fragt sie.

Knut nickt. »Ja, die sind hier wie angestochene Eber langgerast. Habt ihr eine Ahnung, was mit denen los ist?«

Wir haben mehr als *eine Ahnung,* und so knapp wie möglich erzählen wir von dem Feuer, vor dem die Jungs offenbar davongelaufen sind.

Nun fällt auch Rob und Knut der Brandgeruch auf, und schlagartig wird ihnen bewusst, in welcher Gefahr nicht nur wir schweben.

»So ein Feuer kann in diesem trockenen Kiefernwald ein verheerendes Ausmaß annehmen«, spricht Rob aus, was wir auch schon befürchtet haben. »Jeder, der da hineingerät, ist in größter Gefahr. Wo sind denn die Chicks genau?«

»Auf einer Lichtung«, sage ich. »In der Nähe ist der Bunker …«

Rob schaut auf seine Wanderkarte und den Kompass.

»Mist, der liegt genau da, wo das Feuer nach eurer Schilderung herzukommen scheint. Wir können nur hoffen, dass die früh genug weglaufen konnten.«

»Meinst du, die Chicks-Party hat was mit dem Feuer zu tun?«, fragt Knut.

Ich zucke die Schultern. »Na ja, es wurde geraucht, aber die Berliner Jungs schienen ganz okay zu sein. Als wir zurückgegangen sind, war bei denen alles normal.«

»Und Marcel und seine Leute?«

Ich will zwar niemandem etwas Böses nachsagen, aber so panisch wie die vor dem Feuer davongelaufen sind, halte ich alles für möglich. Saufen, rauchen, sich stark fühlen und achtlos die glimmenden Kippen wegschmeißen … das würde ich denen am ehesten zutrauen. Aber ich spreche diesen Verdacht nicht aus, sondern erwähne lediglich, dass wir die Dumpfbacken sehr nahe bei dem Feuer gesehen haben. Sollen Rob und Knut doch selbst ihre Schlüsse ziehen. Das tun sie wohl auch, denn Rob sagt richtig wütend: »Diese Hirnis!«

Dann machen wir uns unter seiner Führung schnellstens auf den Weg zum Schullandheim.

Dort hat noch niemand das Feuer bemerkt. Rob wendet sich sofort an den Hausvater, der einen Notruf an die Feuerwehr absetzt und dann eine Sirene auf dem Dach des Hauptgebäudes auslöst.

»Wir sollten vielleicht mal schauen, ob die Chicks inzwischen wieder heile hier angekommen sind«, schlägt Stine vor. Das ist natürlich eine gute Idee, nur leider ist ihr Zimmer abgeschlossen, und weder im Haus noch im Garten findet sich eine Spur von ihnen.

»Mist«, rutscht es mir frustriert heraus, und der Gedanke, dass die Hühner möglicherweise noch im Wald stecken könnten, ist seltsamerweise kaum zu ertragen. Hm, ich hätte nie gedacht, dass ich mir um die mal solche Sorgen machen würde.

»Ich gehe fragen, ob die Berliner Jungs auch noch nicht da sind«, halte ich die Ungewissheit schließlich nicht mehr aus und mache mich auf den Weg zu dem Anbau, in dem die Klasse aus Berlin untergebracht ist. Rob begleitet mich. Das finde ich mal wieder total lieb von ihm.

Er hat mit Knut gegen einige der Jungs ein paar Trainingsspiele im Beachvolleyball gemacht und spricht die jetzt an. Sie erklären uns zwar bereitwillig, wo sich das Zimmer der drei befindet, aber auch das ist verschlossen. Seit dem Abendessen hat niemand mehr die Jungs gesehen.

Wir hören die Feuerwehr mit Sirenengeheul am Schullandheim vorbei in den Wald fahren, und auch ein Hubschrauber knattert über uns hinweg. Wenigstens sind nun die richtigen Leute mobilisiert.

»Und was jetzt?«, frage ich Rob. »Glaubst du, die ganze Gruppe ist noch im Wald?«

Er breitet seine Karte, auf die er die Strecke für den Orientierungslauf eingetragen hat, auf einem der Tischtennistische aus.

»Ich befürchte, sie sind noch im Wald. Wenn wir annehmen, dass der Brand ungefähr da ausgebrochen ist, wo ihr Marcel begegnet seid, dann ist den Chicks und den Berliner Jungs mit ziemlicher Sicherheit der Weg zum Schullandheim durch das Feuer abgeschnitten.«

Der Hausvater tritt mit einem Brandmeister an uns heran.

»Das sind die Jugendlichen, die den Brand gemeldet haben«, sagt er dabei.

Wir sind froh, nun einen Ansprechpartner zu haben, und nachdem wir auf der Karte gezeigt haben, wo wir das Feuer vermuten, sprechen wir sofort das Problem mit den Chicks an.

»Hier ist der Bunker«, sagt Rob, »da ist die Gruppe zuletzt gesehen worden.«

Die Miene des Brandmeisters verzieht sich kein bisschen, als er sagt: »Dann hoffen wir, dass sie da nicht mehr sind, denn dann wären sie vom Feuer eingeschlossen.«

»Könnten sie in den Bunker fliehen?«, fragt Rob.

Der Mann zuckt die Schultern. »Der ist gut gesichert. Von außen kann man die Tür nicht aufkriegen.«

Ganz plötzlich kommt mir eine Idee: »Und von innen?«

Wieder zuckt er die Schultern. »Ja, sicher … aber das nützt denen jetzt auch nichts. Wir werden es mit dem Hubschrauber versuchen.«

Er verlässt uns, um unsere Informationen weiterzugeben.

Aufgeregt zerre ich Rob am Arm. »Ich, ich glaube, ich weiß einen Weg«, sage ich mit sich überschlagender Stimme und beuge mich über die Karte. Im Schein der Hoflaternen deute ich auf einen Strandabschnitt.

»Hier, hier ist irgendwo ein Einstieg in das Küstenbollwerk aus dem Zweiten Weltkrieg. Der Bunker, wo die Chicks waren, gehört dazu. Céline hat mir den Einstieg gezeigt, und sie ist sogar selbst im Bunker gewesen …«

Rob schaut mich an, als ob ich reif für die Klapse wäre.

»Céline?«, fragt er. »Du sprichst aber nicht von DER Céline?«

»Doch, genau von der.«

In kurzen Worten erzähle ich ihm von unserer Begegnung.

»Okay«, sagt er und hält mich nun wieder für normal und meine Idee für ziemlich gut. »Führe mich dahin. Wir können es versuchen. Ich hole die Taschenlampe und du Rubber. Vielleicht riecht er Célines Spur und kann uns auf schnellstem Weg in die Bunkerhalle führen.«

Das ist ein fabelhafter Vorschlag, und weil Bergmann wegen der fehlenden Chicks gerade mit den Feuerwehrleuten diskutiert, hört er gar nicht hin, als wir bitten, uns Rubber zu leihen, sondern nickt nur geistig ziemlich abwesend.

Okay, jetzt brauchen wir nur noch ein Handy.

Mrs Picklestone! Ich suche unsere Englischlehrerin und finde sie ziemlich verschreckt mit Emma auf ihrem Zimmer.

»Sie haben uns doch für die Fotos in Prerow unsere Handys gegeben. Wissen Sie, wo die jetzt sind?«, frage ich.

»Handys?« Sie wirkt ziemlich von der Rolle und streichelt fahrig über Emmas Fell.

»Ja, unsere Handys, hat Herr Bergmann sie wieder eingesammelt?«

Sie schüttelt den Kopf.

»Nein, nein, die, die habe ich doch hier im Schrank.«

Ich staune. »Wie, einfach so?«

Sie deutet auf einen Metallspind mit einem Vorhängeschloss. Na, okay, wenigstens gesichert.

»Haben sie auch einen Schlüssel dafür?«

Sie kramt ihn hervor.

Wir öffnen den Schrank, und ich entdecke auch gleich mein Handy. Wenigstens ist noch etwas Saft auf dem Akku. Das sollte reichen.

Ich bedanke mich und sause nach unten, wo Rob schon auf mich wartet. Auch er holt noch schnell sein Handy, während ich meine GIRLS einsammele, und dann düsen wir los.

Während wir zum Strand rennen, ist Hanna mal wieder völlig aus dem Häuschen.

»Mensch, Lotte! Du hast aber auch immer Ideen«, stößt sie keuchend hervor.

Und Stine meint anerkennend: »Einfach super, dass dir Céline diesen Einstieg gezeigt hat.«

Das finde ich zwar auch, aber ich mache mir natürlich trotzdem Gedanken darüber, ob wir von innen die Tür des Bunkers aufkriegen und ob wir schneller bei unseren Kameraden sind als das Feuer, das anscheinend von mehreren Seiten auf die Lichtung zurast.

Rubber springt frohgemut voraus, während wir uns nun im Schein der Taschenlampe den Weg durch die Dünen bahnen.

Plötzlich stehen wir tatsächlich vor dem Betonklotz, auf dessen Dach ich noch vor wenigen Tagen so friedlich mit Céline gesessen habe.

Wir klettern rauf, und Rob sieht sogleich den Deckel und schiebt ihn beiseite. Rubber beginnt, aufgeregt zu fiepen … was bei einem so großen Hund irgendwie komisch wirkt. Selbst hier riecht man nun den Brandgeruch. Über dem Meer kreist der Hubschrauber und nimmt Löschwasser auf, das er gleich über dem Brandherd ablassen wird. Wir hören Sirenen und sehen flackernde Blaulichter und in der Ferne den orangen Feuerschein. Irgendwo da muss der Bunker liegen, bei dem unsere Mitschüler gefangen sind.

»Los«, drängt Rob jetzt, »hopp, Rubber, rein da … such Céline!«

Zwar gruselt es mich jetzt nicht weniger als beim ersten Mal, als ich mit Céline hier war, aber ich sage mir, wenn sie da alleine runtergegangen ist, kann ich das mit meinen Freunden natürlich auch. So steigen wir einer nach dem anderen in den Bunkerschacht. Nur Hanna bringt es nicht über sich.

»Ich … ich kriege Klaustrophobie«, sagt sie und ist wirklich im Licht der Taschenlampe kreidebleich.

»Dann bleib hier«, sagt Stine kurz entschlossen. »Es ist sowieso besser, wenn jemand Wache hält. Willst du das machen?« Sie nickt, und Rob fügt hinzu: »Ich habe unsere Position an die Feuerwehr durchgegeben, die haben sicher auch bereits jemanden losgeschickt. Wenn der ankommt, kannst du dem ja sagen, dass wir schon mal vorgegangen sind.«

Hanna setzt sich an den Rand des Betonklotzes und schaut dem Hubschrauber zu, während wir nun endgültig in den Untergrund verschwinden.

Erst ist es ziemlich unheimlich, dunkel, eng und klamm, trotz der Hitze draußen. Aber Céline hat recht gehabt, sehr bald ist das Gangsystem gut ausgebaut, und wir können sogar aufrecht hindurchlaufen. Rob hat Rubber an der Leine, und der scheint bereits ein Ziel in der Nase zu haben. Da wir keine andere Chance haben, verlassen wir uns auf seinen Instinkt und hoffen, dass er uns auf schnellstem Weg in die Bunkerhalle führt.

Die Strecke ist kürzer, als ich gedacht habe. Nach einer scharfen Kurve stehen wir plötzlich in einem großen Raum. Er ist leer, aber als Rob die massiven Wände mit der Taschenlampe ableuchtet, trifft er auf eine rostige Eisentür, die mit einem großen Querriegel über die ganze Breite verschlossen ist. Die Vorrichtung für ein Vorhängeschloss ist durchgerostet, und das Schloss liegt davor am Boden.

Mir entschlüpft ein erleichterter Seufzer. Das hätten wir nie aufbekommen, denke ich. Aber auch ohne Schloss ist es nicht einfach, den rostigen Riegel aus seiner Halterung nach oben zu schieben. Wir rütteln mit vereinten Kräften daran und sammeln schließlich ein paar Steinbrocken vom Boden auf, mit denen wir dagegenschlagen. Offensichtlich hat sich auch Céline hieran bereits vergeblich versucht. Ich will schon resignieren, aber die Angst um die Chicks und die Berliner Jungs holt die letzte Kraft aus uns heraus.

»Und jetzt – Druck!«, dirigiert uns Rob noch einmal und – oh, Wunder – der Riegel bewegt sich, es knarrt, und mit einem schleifenden, zahnreißenden Geräusch können wir ihn schließlich aus der Verankerung drücken. Doch auch die rostige Tür ist noch ein Hindernis, denn sie will ebenfalls nicht so einfach aufgehen. Aber da sie nach außen anschlägt, beklopfen wir erst die Kanten mit den Steinen und werfen uns dann gemeinsam dagegen. Erst ist es nur ein kleiner Spalt, der sich öffnet, aber bei unserem nächsten Ansturm wird er deutlich größer, und als wir erneut unsere Kräfte sammeln, springt plötzlich Rubber mit seinem ganzen Gewicht dagegen. Krachend schlägt sie so weit auf, dass wir durch die Öffnung passen. Im selben Moment hören wir von draußen Stimmen, und der Kopf eines Jungen erscheint im Lichtkegel der Taschenlampe.

Hinter ihm taucht Viola auf …

Eine Welle heißer Luft schlägt uns entgegen, und als der Junge von der Öffnung zurücktritt, sehen wir, dass wir offenbar im letzten Augenblick gekommen sind. Dichter Qualm liegt über der Lichtung, und ringsum schlagen Flammen in die Bäume. Das Prasseln des Feuers klingt furchtbar.

Rob zerrt den Jungen in den Bunker und hilft dann den anderen. Ich nehme Viola in die Arme und führe sie nach hinten. Die Jungs haben auch Taschenlampen, sodass wir uns in kleine Gruppen aufteilen können, die jeweils hinter einer Lampe gehen können.

Rob zieht mit den Jungs die Tür zu und sorgt auch dafür, dass der Riegel wieder davorgeschoben wird. Nur so bleibt der Bunker feuerfest. Niemand hat Bock drauf, dass das Feuer auch noch hier hereinkriecht und uns womöglich auf unserer Flucht unter der Erde einholt.

Dann machen wir uns so schnell wie möglich auf den Rückweg.

Ich habe zwar versucht, mit dem Handy eine Nachricht abzusetzen, um die Rettung der Gruppe zu melden, aber leider konnte ich kein Netz finden.

»Komm«, hält Stine mich von weiteren nutzlosen Versuchen ab. »Wichtig ist doch nur, dass sie gerettet sind. Es reicht immer noch, wenn wir es den anderen mündlich mitteilen.«

Sie hat recht, und als wir einer nach dem anderen aus dem Bunkerschacht klettern und den Strand sehen, an dem nun noch weitere Löschfahrzeuge und Krankenwagen stehen, kann ich endlich wieder lachen.

»Geschafft!«, strahlt Stine. Wir klatschen uns mit Rob die Hände ab, und ich bin einfach nur glücklich, dass alle gerettet sind. Als ich sehe, wie Ramona in Hannas Arme sinkt, missgönne ich es ihr nach der ausgestandenen Angst ja nicht, allerdings würde ich jetzt auch gerne in die Arme genommen werden. Kaum habe ich das gedacht, zieht mich jemand an sich. ROB!

Mein Herz macht einen Stolperer, dann lasse ich mich glücklich in diese Umarmung fallen. Der Junge ist einfach immer zur rechten Zeit am richtigen Ort – jedenfalls für MICH!!! Auf ihn ist einfach Verlass.

Er streicht mir sanft eine schweißnasse Haarsträhne aus der Stirn, dann flüstert er mir ins Ohr: »Habe ich dir eigentlich schon mal gesagt, dass du einmalig bist?«

Ich schüttle leicht den Kopf und zucke gleichzeitig die Schultern. Er hat mir ja schon viel Nettes gesagt, aber …

Okay, jetzt flüstert er nicht mehr, sondern sagt eher ziemlich laut: »Lotte Lindberg, du bist wirklich einmalig! Du hast einfach immer den richtigen Riecher. Was würden wir nur ohne dich machen?«

Ich merke, wie mir das Blut in den Kopf schießt, und als auch noch alle klatschen, würde ich am liebsten im Boden versinken. Geht aber nicht, denn wir stehen auf massivem Beton.

Gott sei Dank kommen aber nun ein paar Leute von den Rettungskräften und schaffen die Chicks und die Berliner Jungs zu den Krankenwagen rüber, wo sie erst einmal durchgecheckt werden. Hanna geht mit, weil Ramona sich immer noch an sie klammert.

Rob hilft mir von der Plattform.

»Bist du erschöpft, oder wollen wir mit Rubber noch ein paar Schritte am Strand gehen?«, fragt er.

Erschöpft bin ich zwar, aber eigentlich noch mehr aufgeputscht. Der Stress und die innere Aufregung kribbeln mir noch überall im Körper, und es kann ganz sicher nicht schaden, ein bisschen zu laufen.

»Nun geh schon«, flüstert Stine mir zu, »ich mache mich hier noch etwas nützlich.«

Nachdem wir uns weit genug von den Rettungsfahrzeugen entfernt haben, lässt Rob Rubber am Hundestrand von der Leine, und er hetzt mit großen Sprüngen durch die Brandungszone. Im Licht der Taschenlampe spritzt glitzernd das Wasser auf und fällt wie flüssiges Silber zurück auf die dunkle Oberfläche der leichten Ostseewogen. Das ist so schön, dass ich stundenlang zuschauen könnte. Ich merke, dass meine Polly mir fehlt, und spontan frage ich Rob, ob wir nicht morgen wieder hierherkommen wollen. »Dann könnten wir auch die kleine Yorkshire-Hündin Emma mal mitnehmen, was meinst du?«

Rob gefällt der Vorschlag, und so ist es verabredet.

Wir haben nun den Bohlenweg erreicht, der von unserem

Hausstrand zum Schullandheim führt, und nehmen Rubber wieder an die Leine. Man weiß ja nie, wer einem noch begegnet, und unser lieber Riese ist halt schon eine imposante Erscheinung, die manchen Menschen – natürlich völlig unbegründet – Furcht einflößen könnte.

Im Schullandheim herrscht ziemlich viel Hektik. Einsatzfahrzeuge stehen auf dem Parkplatz vor dem Eingang, und die Schüler diskutieren in aufgeregten Grüppchen oder hängen schlaff und übermüdet im Speisesaal ab. Kaum einer ist auf seinem Zimmer, um nur ja nichts zu verpassen, falls es Neuigkeiten gibt. Nun können wir alle beruhigen.

»Die ganze Gruppe ist gerettet. Lotte hat uns zu einem alten Tunnelsystem aus dem Zweiten Weltkrieg geführt«, erklärt Rob, so als hätte ich wer weiß was für eine Heldentat vollbracht. Also stelle ich das gleich mal richtig.

»Es war reines Glück, dass mir eine ehemalige Klassenkameradin am Tag unserer Ankunft den Einstieg in das Tunnelsystem gezeigt hat, so konnten wir vom Strand aus den Bunker im Wald erreichen. Wir haben alle gemeinsam die Bunkertür von innen aufbrechen können und damit in buchstäblich letzter Minute einen Fluchtweg für die vom Feuer Eingeschlossenen geöffnet. Jetzt werden alle durchgecheckt und dürften wohl bald hier eintrudeln.«

Wieder bricht sich die Erleichterung in frenetischem Beifall Bahn, und Rubber stimmt mit seinem tiefen Bellen ein, in das sich auch bald Emmas helles Kläffen mischt. Ich sehe mich nach ihr um und entdecke sie bei Mrs Picklestone, die neben Bergmann steht, der Rubber den Kopf tätschelt. Irgendwie eine nette Szene, denke ich und merke, wie sich in mir plötzlich Wohlfühlstimmung ausbreitet und ich von einer Sekunde auf die nächste völlig relaxe.

Rob hat es ebenfalls bemerkt. Er greift nach meiner Hand und zieht mich zu den beiden rüber.

»Dürfen wir morgen Abend mal mit den Hunden einen Strandspaziergang machen?«, fragt er geradeheraus. Na, der ist mir ja einer. Anbrennen lässt der nix.

Bergmann hat natürlich nichts dagegen, aber Mrs Picklestone windet sich etwas … Da kommt Bergmann uns unverhofft zu Hilfe.

»Das ist doch eine gute Idee«, sagt er zu Mrs Picklestone. »Denn ich würde Sie zum Abschluss unserer Klassenfahrt sehr gerne nach Prerow zum Essen in ein feines Strandlokal einladen. Als kleines Dankeschön, weil Sie so spontan als Begleitperson eingesprungen sind. Die Hunde wären da sicher etwas fehl am Platze.«

Rob und ich werfen uns einen vielsagenden Blick zu, und obwohl das Licht der Hoflaternen nicht das hellste ist, erkennt man, dass Mrs Picklestone zwar verlegen ist, aber zugleich auch vor freudiger Überraschung strahlt. Damit ist die Sache also gebongt.

Wir machen uns schleunigst vom Acker und überlassen die beiden sich selbst und der glücklichen Stimmung, die jetzt alle hier erfasst hat.

Wenig später treffen auch die Einsatzfahrzeuge vom Strand ein und spucken die Chicks und die Berliner Jungs aus. Stine und Hanna sind ebenfalls mitgenommen worden.

Nach vielen Umarmungen, erfrischenden Getränken und

kurzen Erzählungen verschwinden die Geretteten erst einmal unter die Dusche.

Als der Brandmeister mitteilt, dass das Feuer im Wald unter Kontrolle ist, erklärt der Hausvater die Aktion für beendet.

»Ab in die Betten«, fordert er uns auf. »Frühstück morgen eine Stunde später.«

Ich pilgere mit Hanna und Stine zu unserem Zimmer rauf und falle erschöpft ins Bett. Ich kann mich nicht einmal erinnern, wer das Licht ausgemacht hat, denn von einer Sekunde auf die andere schlafe ich wie ein Murmeltier. Tief, traumlos und glücklich.

Nach dem Schrecken

Lottes Ferientagebuch – Kapitel 10

in dem alle noch den Schreck verdauen, ein Beachvolleyball-Turnier stattfindet, die Dumpfbacken sich verdünnisieren wollen und langsam Abschiedsstimmung aufkommt. Die Chicks flirten, was das Zeug hält, Bergmann und Mrs Picklestone haben ein Date und Rob und ich …

Okay, wir führen noch mal zusammen die Hunde aus … und der Rest ist Schweigen …

Es ist toll, dass wir am nächsten Tag ausschlafen können.

Eigentlich sollte ja am frühen Morgen der Orientierungslauf stattfinden, aber den hat Bergmann schon am Abend abgesagt, nachdem Knut ihn darüber informiert hatte, dass die Strecke durch das Brandgebiet geführt hätte.

Das war inzwischen abgesperrt, und vom Hausvater erfahren wir, dass die Löscharbeiten die Nacht hindurch fortgesetzt worden waren. »Der Brand ist zwar gelöscht, aber er hat mehr als sechs Hektar Wald im Naturpark zerstört. Es ist uns ein Rätsel, wie es zu diesem Feuer kommen konnte. Nach der anhaltenden Trockenheit und der extremen Hitze der letzten Wochen bestand höchste Waldbrandgefahr, und überall wurden Warnhinweise angebracht. Wenn ihr etwas beobachtet habt, teilt mir das bitte mit. Es ist wichtig, dass die Sache aufgeklärt wird, um für die Zukunft Ähnliches zu vermeiden.«

Ich schaue betreten auf meinen Frühstücksteller und frage mich, wo eigentlich Marcel und seine Kumpels abgeblieben sind. Ich habe sie seit der Begegnung im Wald nicht mehr gesehen. Jetzt beim Frühstück fehlen die Jungen ebenfalls.

»Wo ist eigentlich Marcel?«, will ich flüsternd von Stine wissen. Sie zuckt die Schultern.

»Keinen Schimmer. Wahrscheinlich pennen die noch.«

Hm, ich schiele zu Rob rüber, der grade mit Knut tuschelt. Vermutlich sprechen die beiden über dasselbe Thema. Schließlich haben wir beide die Dumpfbacken-Bande in Verdacht, an dem Ausbruch des Feuers nicht ganz unbeteiligt gewesen zu sein. Bergmann fällt das Fehlen der Jungs nun aber auch auf, und so schickt er Rob zum Nachsehen auf deren Zimmer.

»Bring die Schlafmützen gleich mit«, meint er. »Ich möchte, dass alle dabei sind, wenn wir die neue Tagesplanung machen.«

Schon nach wenigen Minuten kommt Rob unverrichteter Dinge zurück. »Die Jungs sind nicht da, und das Zimmer ist leer«, berichtet er.

»Was heißt, das Zimmer ist leer?«

»Also, die Schränke … alles ausgeräumt. Es sieht aus, als wären sie abgehauen … äh … abgereist … meine ich.«

Okay, das ist ja nun ein glasklares Eingeständnis ihrer Schuld. Warum sollten sie sich sonst so feige davonmachen?

Kein Wunder, dass sofort wild drauflos spekuliert wird, und so beschließen die GIRLS, zu Bergmann zu gehen und ihm von der Begegnung mit Marcel und seinen Kumpels im Wald zu erzählen.

Wir wollten zwar die Chicks nicht in die Pfanne hauen, aber da ihre heimliche Party am Bunker ja nun ohnehin aufgeflogen ist, müssen wir uns deswegen ja nicht mehr künstlich zurückhalten.

Bergmann ist natürlich total sauer, als wir von Marcels Erpressung erzählen und dass wir ihn und seine Kumpels im Wald getroffen haben. »Sie wirkten ziemlich panisch, und wenig später bemerkten wir, dass sie offenbar vor einem Feuer flohen.«

Ganz Mathematiklehrer meint er am Ende unseres Berichts: »Ich will keinen übereilten Verdacht aussprechen, aber da muss man doch nur eins und eins zusammenzählen!« Er räuspert sich. »Stine, könntest du eine knappe Beschreibung der drei Jungs verfassen? Ich muss die Polizei um eine Suchmeldung bitten. Die Kerle sollen nicht glauben, sie könnten sich so einfach aus dem Staub machen.«

Stine nickt und wir sind entlassen.

»Drehen die jetzt vollkommen durch?«, regt Hanna sich auf, und wir haben alle drei richtig Mitleid mit Bergmann, der so viel Ärger bei seiner Klassenfahrt nun wirklich nicht verdient hat.

Den Rest des Vormittags verbringen wir im Schullandheim.

Erst einmal redet Mrs Picklestone den Chicks ins Gewissen. Ist ja nett, dass sie Bergmann diese Aufgabe abgenommen hat.

Aber milder fällt die Strafe offenbar dadurch auch nicht aus. Jedenfalls sehe ich die Hühner ziemlich geknickt aus dem Besprechungszimmer schleichen. Als ich Hanna neugierig frage, ob sie von Ramona was erfahren hat, ziert sie sich erst, rückt dann aber mit der Sprache raus. »Die haben den ganzen Tag Kontaktverbot«, flüstert sie.

»Oh, dann können sie ja gar nicht mit den Berliner Jungs flirten.« Hanna zuckt die Schultern. Klar, sie hat es ja immer noch nicht so mit Jungs, aber für Viola ist das eine echt harte Strafe. Aber da auch die Lehrer der Berliner ein Machtwort gesprochen haben, verschwinden die Jungs gleich nach dem Frühstück.

Ich male noch mein Bild fertig, und auch Hanna und Ramona beenden ihre Spanschachtelkunstwerke. Danach holt Hanna ihre Gitarre, und wir ziehen an den Strand. Bald gesellen sich weitere Leute zu uns. Wir singen, hängen unseren Gedanken nach und schauen dabei auf die See hinaus. Weniger romantische Mitschüler spielen Tischtennis oder trainieren noch auf dem Volleyballfeld. Stine und Rob sind mit den Spielplänen für unser Beachvolleyball-Turnier beschäftigt, die bis zum Mittagessen am Infobrett aushängen sollen. Danach geht es nämlich gleich los.

Aber vorher treffen sich die GIRLS noch einmal kurz zum Quatschen auf dem Zimmer. Ich bin immer noch nicht darüber hinweg, dass die Dumpfbacken einfach abgehauen sind. »Was passiert denn jetzt mit Marcel und seinen Kumpels?«, will ich wissen.

»Ich denke, irgendwo wird man sie aufgreifen und dann aufs Polizeirevier bringen. Da werden sie sicher erst mal verhört. Durch ihre Flucht haben sie sich ja nun reichlich verdächtig gemacht.«

»Das ist doch im Grunde ein Schuldeingeständnis«, sagt Hanna.

Das finde ich auch und frage mich natürlich gleich, was das für Konsequenzen haben könnte.

»Die Jungs haben ja vermutlich einen ziemlichen Schaden angerichtet, müssen ihre Eltern das jetzt bezahlen?«

Hanna guckt wie ein Reh und hat offensichtlich nicht den leisesten Schimmer, aber Stine meint: »Mein Vater hat ja als Sozialarbeiter auch viel mit straffälligen Jugendlichen zu tun. Aber Marcel und seine Kumpels sind ja noch gar nicht strafmündig, das ist man erst mit vierzehn Jahren. In der Hinsicht werden sie wohl mit einem blauen Auge davonkommen. Den Schaden müssen sie, beziehungsweise ihre Eltern, aber trotzdem bezahlen. Das ist eine zivilrechtliche Sache oder so … und hat mit der Strafmündigkeit nichts zu tun.«

»Da kann man nur hoffen, dass ihre Eltern eine gute Haftpflichtversicherung haben.«

Stine grinst trotz des ernsten Themas. »Da hast du recht, Lotte. Aber wenn ich einen Sohn wie Marcel hätte, dann würde ich vorsorglich gleich drei Versicherungen abschließen.«

»Mist ist es trotzdem. So viel schöner Wald. Das kann man eigentlich gar nicht bezahlen, was da vernichtet worden ist. Sicher dauert es ewig, bis das alles wieder aufgeforstet ist. Und was das alleine für die vielen Tiere bedeutet, die dort ihren Lebensraum hatten! Die Fledermäuse und Rehe und Wildschweine … Hoffentlich konnten die rechtzeitig fliehen.« Ich bin wirklich richtig sauer auf Marcel und seine Kumpels. Wie kann man nur so gedankenlos und dann auch noch feige sein!

Hanna wirkt nachdenklich.

»Was ist? Worüber denkst du nach?«, frage ich sie.

»Ach nur so, ich habe mir nie einen Kopf darüber gemacht, wozu man so eine Versicherung brauchen könnte. Dabei kann man durch eine einfache Unachtsamkeit ziemlich viel Schaden anrichten.«

»Und der kann teuer werden, und wenn man nicht versichert ist, schnell eine ganze Familie ruinieren.«

Wir schauen Stine fragend an.

»Ja, ist so. Mein Vater kennt jede Menge solcher Fälle, wo die Leute ein Leben lang durch eine einzige Leichtsinnigkeit Schulden abzahlen müssen.«

»Das wünsche ich den Eltern der Dumpfbacken nicht«, sagt Hanna mal wieder mitleidig, fügt aber gleich hinzu: »Obwohl Marcel und seinen Kumpels eine ordentliche Strafe nicht schaden könnte. Die sind wirklich in letzter Zeit unerträglich.« Stimmt!

Kurz vor dem Mittagessen fährt ein Polizeiauto vor und liefert die drei »Unerträglichen« wieder im Schullandheim ab.

Mit gesenkten Köpfen schleichen sie, ihr Reisegepäck hinter sich herschleifend, in ihr Zimmer.

Beim Essen tauchen sie nicht auf, aber Bergmann teilt kurz mit, dass die Jungs wieder da sind und am nächsten Tag mit uns zusammen im Bus zurückreisen werden. Kein Wort darüber, ob sie den Brand verursacht haben. Das finde ich fast schon übertrieben fair von ihm.

»Er will einfach nicht noch mehr Ärger«, meint Rob allerdings nur, als wir uns beim Volleyballfeld treffen, und streicht Marcel und Kevin aus der Starterliste.

»Haben die zurückgezogen? Hast du mit ihnen gesprochen?«

Rob nickt. »Marcel ist nicht ansprechbar, aber ich habe Kevin im Waschraum getroffen und ihn gefragt, ob sie antreten wollen. Wollen sie nicht.«

»Na ja, ich kann verstehen, dass er darauf keinen Bock hat. Sicher haben die jetzt anderes im Kopf. Zu Hause erwartet die bestimmt ein übles Donnerwetter.«

Da um 14 Uhr das Turnier beginnen soll, verabschiede ich mich, um nach Stine zu suchen.

Wir treffen ausgerechnet gleich am Anfang auf die Chicks Viola und Ramona.

Da es ein KO-Turnier ist, kommt es also darauf an, sie zu schlagen. Das wird nicht einfach sein, denn Viola prahlt ständig mit ihren Erfahrungen. Wo hat sie nicht schon überall Beachvolleyball gespielt! Kann man ja gar nicht alles aufzählen: Florida … Sylt … Karibik … Südafrika … Australien … Wenn man ihrer Angeberei Glauben schenkt, kennt das Mädchen die Strände der halben Welt.

»Nun mach dir doch deswegen keine Sorgen«, meint Stine allerdings unbeeindruckt. »Sie kann meinetwegen auch am Nordpol gespielt haben, das heißt ja noch nicht, dass sie jemals eins dieser Spiele, geschweige denn ein Turnier, gewonnen hat.«

»Wir aber auch noch nicht«, gebe ich zu bedenken und bin nicht halb so optimistisch wie Stine. Wenn Viola sich was in den Kopf gesetzt hat, ist sie ziemlich zäh und als Gegnerin auf jeden Fall nicht zu unterschätzen. »Und Ramona ist auch nicht ganz unsportlich.«

Okay, das Match verläuft wirklich ziemlich spannend und eng. Viola ist echt nicht schlecht, aber Stine ist eindeutig die sportlichere Spielerin.

Ramona und ich geben uns zwar auch viel Mühe, aber im Grunde sind wir eher Nebendarsteller. Wobei Ramona sich aber noch mehr Schnitzer erlaubt als ich. Also, falls das überhaupt möglich ist. LoL! Dennoch geht der erste Satz an die Chicks.

Ich bin sauer, denn natürlich hat mich der Ehrgeiz gepackt, und gleich im ersten Match gegen die Chicks zu verlieren, wäre schon sehr deprimierend.

Beim Seitenwechsel bespreche ich mich also noch mal schnell mit Stine. »Die Schwachstelle ist Ramona«, flüstert sie mir zu. »Sie steht meistens hinten an der Grundlinie und schafft es bei kurzen Bällen selten bis nach vorne.«

»Da geht es ihr wie mir«, muss ich zugeben.

»Traust du dir Block und Schmetterbälle am Netz zu?«

Nicht so wirklich, denke ich, aber wenn ich allen Mut zusammenkratze … Ich nicke. »Versuch macht klug.«

»Dann bleib einfach vorn. Ich mache das hinten alleine. Block, was du kriegen kannst, und retourniere so kurz wie möglich auf Ramonas Seite. Ich nagele Viola an der Grundlinie fest.«

Wir klatschen uns die Hände ab und gehen unter den aufmunternden Zurufen von Rob und Knut in den zweiten Satz.

Diesmal läuft es besser, unsere Taktik scheint aufzugehen. Rasch bauen wir einen Vorsprung von vier Punkten auf, dann aber hat Viola uns durchschaut und versucht, im Halbfeld zu agieren, um auch mal nach vorne preschen zu können. Doch Stine nutzt das für ein paar wirklich fabelhafte Lobs über ihren Kopf hinweg oder lange Schmetterbälle die Grundlinie entlang. Immer wieder gelingt es Viola jedoch zu kontern und mich auszutricksen.

Mist! Sie ist wirklich viel besser als ich. Wenn Stine nicht wäre, könnten wir sofort einpacken. So aber steht es schließlich 19 zu 19. Ich fasse es nicht, unser schöner Vorsprung ist weg, obwohl wir uns doch so viel Mühe gegeben haben. Ich sehe den blonden Berliner im Hintergrund und kann mir denken, dass Viola dem ganz bestimmt imponieren will. So was beflügelt. Hm, Rob fände es sicher auch toll, wenn ich mal einen coolen Ballwechsel mit einem Punktgewinn abschließen würde.

Ich gebe mir einen Ruck. Der nächste Ball ist für Rob, nehme ich mir fest vor, und als Stine annimmt und den Ball zu mir schickt, werfe ich mich voll in den rein und schmettere ihn ins Halbfeld genau zwischen Viola und Ramona. Ich höre mich selbst »Autsch« schreien, als die beiden zusammenrasseln. Das nennt man mangelnde Abstimmung … ;-(

Der Punkt geht an uns, und weil Stine nun Aufschlag hat, nutzt sie die leichte Verwirrung auf der Gegenseite zu einem glatten Punktgewinn.

Der dritte Satz verläuft zunächst genauso spannend, aber irgendwie baut Ramona nun doch ziemlich ab. Vielleicht hat sie sich bei dem Zusammenprall tatsächlich verletzt, jedenfalls ist sie nicht grade spritzig und wirkt auch nicht mehr so motiviert wie am Anfang.

Viola ackert wirklich, das muss ich ihr lassen, aber alleine kann man bei dieser Sportart kein Match gewinnen. Als Ramona bei einigen Annahmen aus der Hocke kaum noch hochkommt und dadurch die dritte Ballberührung praktisch ausfällt, ist das Schicksal der Chicks besiegelt. 15 zu 12 geht der letzte Satz an uns, wobei Stine wieder mit einem exzellenten Aufschlag den ersten Matchball souverän verwandelt.

Der Applaus ist riesig, und als wir uns glücklich in die Arme fallen, zieht Viola wutschnaubend ab. Ramona rennt hinter ihr her, und schon bald hört man Viola mit ihr streiten. So wie die keift, möchte ich in Ramonas Haut wirklich nicht stecken, denn dass sie ihr die Schuld an der Niederlage gibt, ist ja transparent.

»Sie hat Ramona richtig fertiggemacht«, erzählt Hanna später, als ich sie frage, wo sie denn bei unserer kleinen Siegesfeier gesteckt hat. Und etwas verlegen gesteht sie: »Ich konnte Ramona doch nicht hängen lassen, ich musste sie einfach etwas trösten.«

Ich schlucke meine patzige Entgegnung grade noch runter. So weit ist es also schon mit den beiden, dass sie sich trösten. Die Freude an unserem Sieg ist mir verdorben, und ich mache mich mit einer flauen Entschuldigung vom Acker.

Jetzt spielen erst mal die Jungs, und so nutze ich die Zeit für eine ausgiebige Dusche. Dabei schießt mir so allerlei durch den Kopf, nicht nur die Frage, wie es mit Hanna, Ramona und mir nach dem Verkauf unseres Reihenhauses weitergehen wird, sondern auch, ob sich meine Eltern in der Woche, wo ich weg war, wirklich vertragen haben. Nicht dass ich nach Hause komme und der Haussegen hängt schon wieder schief! Möglich ist bei meinen Eltern alles.

Ich schäume Körper und Haare ein und schließe einen Moment die Augen. Dabei fällt mir auf, dass ich genauso wenig weiß, wie es zwischen Rob und mir jetzt eigentlich steht. Das Leben ist manchmal wirklich kompliziert. Ich bin echt versucht, noch mal nach meinem Lebenskompass zu schielen, aber der ist ganz offensichtlich beleidigt, weil ich ihn in Kürze ausmustern will. Er denkt jedenfalls nicht daran, mir zu helfen, und lässt nur in nerviger Langsamkeit seine Nadel im Kreis herumtrudeln. Blödes Teil!

Ich dusche den Schaum ab und drehe dann auf eiskalt. Sofort sind meine Lebensgeister wieder frisch und so was von munter!

Wäre doch gelacht, wenn ich das nicht gewuppt kriege – alles!

Stine und ich schaffen es tatsächlich bis ins Finale, scheitern da aber an Vanessa und Kathi, die beide Mitglieder in der Volleyball-AG unserer Schule und einfach das eingespieltere Team sind. Wir gönnen ihnen den verdienten Sieg und lassen uns stolz von Mrs Picklestone die Silbermedaille umhängen. Auch Rob und Knut mussten sich in ihrem Finalmatch geschlagen geben, und so rennen wir nach der Siegerehrung alle vier gemeinsam zum Strand und stürzen uns quietschvergnügt in die Fluten. Dabeisein ist alles, denke ich und nehme mir vor, in Zukunft öfter mal mit Stine und Rob und Knut Beachvolleyball zu spielen. Das macht echt Spaß, und einen Platz dafür kann man sicher auch bei uns am Baggersee finden.

Als wir später erfrischt auf unseren Handtüchern in den Dünen liegen, stößt mein Vorschlag sofort auf Zustimmung. »Dann spielen wir ein Mixed«, meint Knut locker. »Stine und ich gegen Rob und dich.«

Rob und Stine grinsen, und so ist es verabredet. Ich glaube, sie mag Knut. Lustig wird das auf jeden Fall.

Am Abend hat der Hausvater zum Abschiedsfest noch mal den Grill angefeuert und ordentlich Salate und Würstchen aufgefahren. Die Stimmung ist ganz schnell im Party-Modus, und da die Siebte aus Berlin mitfeiert und Mrs Picklestone die Kontaktsperre aufgehoben hat, sind auch die Chicks wieder munter beim Flirten, und es geht ziemlich laut und locker zu. Jeder will nach der gestrigen Nacht noch mal richtig Spaß haben.

An Marcel und seine Kumpels denkt wohl niemand mehr. Freunde haben die in unserer Klasse ohnehin nicht viele. Als sie am Spätnachmittag doch noch von Marcels Eltern abgeholt wurden, war Bergmann sichtlich froh darüber. Auch ich bin erleichtert, denn so gibt es morgen in Bus wenigstens keinen Stress mehr.

Bergmann hat die Aufsichtspflicht für ein paar Stunden an den Hausvater übertragen und sich und Mrs Picklestone tatsächlich mit einem Taxi nach Prerow zu einem Restaurant kutschieren lassen. Rubber und Emma sind in Robs und meiner Obhut zurückgeblieben.

Da es bei der Party inzwischen ziemlich wild zugeht und

die Techno-Mucke der Berliner Jungs nicht so ganz meinen Geschmack trifft, verdrücke ich mich recht bald mit Rob und den Hunden an den Strand.

Zwar geht hier an der Ostsee die Sonne nicht im Meer unter, aber der Himmel verändert sich trotzdem beim Sonnenuntergang, und das Abendrot ist heute besonders schön. Vor allem hinter dem Leuchtturm ist der Himmel auffällig gefärbt, und ich mache ein paar sehr romantische Fotos mit meiner kleinen Digicam.

Am Hundestrand setzen wir uns unter eine verkrüppelte windschiefe Kiefer in die Dünen und schauen den beiden Hunden beim Toben zu. Es ist so süß, wie der sanfte Riese Rubber sich von der kleinen Emma buchstäblich auf der Nase herumtanzen lässt.

Das Wasser der Ostsee nimmt nun den rot-orangen Schimmer des Himmels auf und wird dann genau wie dieser immer dunkler.

»Das war eine aufregende Zeit hier«, sage ich zu Rob, hebe ein Stück Treibholz auf, das Rubber anschleppt, und schleudere es ins Wasser. Rob wirft ein kleineres Stöckchen für Emma hinterher. Beide Hunde springen fröhlich bellend wieder zum Wasser runter.

»Aber es war trotzdem schön, Lotte, oder?«

»Ja, das war es. Sehr schön sogar«, beantworte ich seine Frage und denke, dass es richtig toll war, mal eine ganze Woche so eng mit Rob zusammenzuleben. Wir haben uns schon morgens beim Frühstück gesehen, beim Mittagessen, am Abend … und dazwischen haben wir ganz viel gemeinsam unternommen und auch immer mal wieder Zeit nur für uns gefunden. Es war fast wie damals, als wir in den Grundschuljahren in derselben Nachbarschaft wohnten und nahezu jeden Nachmittag auf dem alten Gut in unserem Baumhaus verbracht hatten.

So als hätten sich ihm meine Gedanken wortlos mitgeteilt, fragt Rob plötzlich: »Denkst du auch manchmal noch an die Zeit auf dem Gut zurück … an unser Baumhaus? Ich denke oft daran … und hier grade wieder besonders häufig …«

»Ich auch.«

»Wir waren so frei damals …«

… und so eng, denke ich und freue mich, dass auch er sich offenbar gerne daran zurückerinnert.

Plötzlich muss ich schmunzeln, weil mir unvermittelt die Begegnung mit Céline einfällt und unsere Diskussion über die Notwendigkeit von geheimen Orten.

Ich erzähle Rob davon.

»Das Baumhaus war schon so ein geheimer Ort für uns«, gibt er zu. »Ich habe nie wieder etwas Vergleichbares mit einem anderen Menschen gehabt.« Er grinst. »Schon gar nicht mit einem Mädchen.«

Es fängt wieder an, in mir zu kribbeln und zu krabbeln … als wäre der Bauch voller Schmetterlinge, die aus ihrer Verpuppung schlüpfen wollen … Ist es nicht plötzlich auch wieder ziemlich heiß? Ich rutsche unruhig im Sand hin und her, bin froh, als Rubber und Emma wieder angesprungen kommen, und werfe erneut Stöckchen.

»Meinst du, wir sollten uns wieder so einen geheimen Ort schaffen, Lotte? Nur für uns beide, dich und mich?«

Die Frage ist schwer zu beantworten. Ich finde es großartig, dass er sie stellt und sich offenbar so einen Ort für uns vorstellen kann … und ich empfinde es als einen überwältigenden Vertrauensbeweis, dass er mit mir darüber spricht.

Aber ich weiß auch, dass unser Baumhaus unwiederbringlich verloren ist und nur noch in unserer Erinnerung weiterlebt …

Jedes Ding hat seine Zeit … so sagt man und meint es meistens tröstend. Denn genau genommen heißt es ja eigentlich, dass die Dinge zwar einerseits mit der Zeit kommen, andererseits aber auch mit ihr vergehen … Das ist ihr Lauf, und das ärgert mich, denn ich möchte nicht, dass irgendetwas von dem vergeht, was ich mit Rob teile … Egal ob es alt ist und nur noch Erinnerung oder etwas ganz Neues. Und so wiederhole ich, was ich auch schon Céline gesagt habe, denn es ist meine volle Überzeugung: »Ich glaube nicht, dass wir so einen speziellen Ort brauchen … jedenfalls muss er kein Baumhaus, keine Bude, kein Versteck irgendwo sein …«

»Nicht? Was dann … ein Ort in unseren Träumen?«

Das ist eine schöne Idee von Rob, und ich fühle erneut, wie nah wir uns sind. Ich kenne keinen anderen Jungen, der jemals so schöne und kluge Worte zu mir gesagt hat wie er. Und so bin ich mir sicher, dass er das, was ich ihm jetzt sagen will, verstehen wird.

»In unseren Herzen«, sage ich also mutig. »Wir können unseren geheimen Ort immer bei uns tragen … in unseren Herzen … egal wo wir sind, auf der ganzen Welt, und er wird niemals untergehen … solange wir leben …«

»… und uns lieben.«

Ich erstarre.

Robs Arm legt sich um mich, und er zieht mich sanft näher. Ich zittere vor dem, was jetzt kommen wird … was ich mir wünsche und zugleich auch fürchte … denn es wird das Ende meiner Kindheit sein.

Als Rob spricht, ist seine Stimme weich und warm und voll von dieser liebevollen Freundlichkeit, die ich an ihm so schätze.

»Lotte, du bist es ja eigentlich schon lange, aber ich werde dich trotzdem ganz offiziell fragen – möchtest du meine Freundin werden?«

Mein Herz klopft wie rasend, und mir wird plötzlich wieder ganz furchtbar heiß, seine Worte bringen mich fast zum Schmelzen, lassen mich aber auch vor lauter Verlegenheit ins Stottern geraten.

»Du, du meinst … so ganz richtig … so … im Sinne von miteinander gehen?«

Er grinst so süß, und diese wahnsinnig lieben Teddybär-Augen schauen mich ganz tiefsinnig an …

»Genau, das ist es, genau das wollte ich sagen – willst du mit mir gehen, Lotte?«

Ich schlucke. Wenn ich jetzt sage »Ja, ich will«, dann klingt das total kitschig nach Hochzeit, denke ich verstört und finde es absolut peinlich.

Aber irgendeine Antwort muss ich ihm ja schließlich geben. Was mache ich denn nur? Mein Puls rast! Gleich flippt er aus, und ich falle in Ohnmacht – mindestens! Es sei denn …

Komisch, wieder einmal haben wir beide die gleiche Idee. Wir beugen uns vor und – geben uns einen Kuss … Hmmm …

und was für einen, einen richtig hyper-mega-knuddelig-verliebten Sahne-Häubchen-Kuss für Anfängerpärchen.

Aber nur Sekunden später fliegen uns ein Monsterhund und ein Mikroterrier buchstäblich um die Ohren, werfen uns um und wälzen sich mit uns in einem herrlichen Körper- und Gliederchaos im Sand, bis wir alle unter Bellen und Lachen die Düne hinabrollen und als unsortierter Haufen an ihrem Fuß liegen bleiben.

»Alles klar«, sagt Rob, als wir uns, immer noch lachend, freigeschaufelt haben und aufrappeln. »Damit sind wir jetzt ein Paar!«

Er klingt glücklich und stolz, und als er mich erneut in seine Arme nimmt, weiß ich es endlich auch – der Junge ist genau der Richtige für mich!

Glückliche Heimkehr

Lottes Ferientagebuch – Kapitel 11
in dem mich Sorgen plagen, Ramona und Hanna viel zu dicht beieinanderhocken, Rob Trost spendet und die Lehrer Applaus bekommen. Meine Eltern sind nun völlig durchgeknallt, und als ich selbst nach dem Glück greife, patsche ich volle Kanne in eine Schlammpackung. Wellness geht anders, aber so ist halt das Leben!

Am Samstagmorgen bekommen wir alle nach dem Frühstück unsere Handys zurück. Natürlich rufe ich sofort zu Hause an.

Papa geht ans Telefon, und als ich ihn frage, wie es so gelaufen ist, hat er nur Gutes zu berichten. Umso komischer finde ich es, dass er mich irgendwie abwimmeln will, als ich nun auch noch Mam sprechen möchte.

»Sie kann grade nicht.«

»Wieso?«

»Sie, äh, fühlt sich nicht so …«

»Kann sie mir das nicht selber sagen? Nach einer ganzen Woche ohne mich freut sie sich doch bestimmt, meine Stimme zu hören. Pass auf, dann geht es ihr gleich besser.«

»Das glaube ich eher nicht. Wir sollten sie jetzt nicht stören.«

Ich bin frustriert.

»Ist es wegen dem Haus? Hat sie es Ramonas Eltern endgültig verkauft oder …«, ich sehe plötzlich einen Hoffnungsschimmer am Horizont, »… oder klappt es doch nicht?«

Das wäre ja megatoll.

»Nein, das läuft, liegt alles noch beim Notar. Das Haus hat damit gar nichts zu tun. Mama ist einfach nur etwas … unpässlich.«

»Ach so, dann hat sie ihre Tage und mal wieder Migräne. Warum sagst du das nicht gleich. Sie soll sich hinlegen und ausruhen. Gib ihr einen Kuss von mir. Ich rufe von unterwegs an, wann ihr mich abholen könnt. Bis dahin ist sie wieder fit.«

»Ja, sicher. Ruf an und sag Bescheid, wann ihr ankommt.«

Nachdenklich gehe ich aufs Zimmer. Was war denn das für eine Nichtkommunikation? Wieso redet Papa so lange um den heißen Brei herum, wenn Mama sich nicht wohlfühlt? Sie leidet doch öfter mal unter Migräne. Das hält aber nie lange an. Hm, ob es ihr wirklich schlecht geht? Sie wird doch nicht ernsthaft krank sein?! Ich fühle, wie Panik in mir hochkriecht, und ich würde am liebsten sofort in den Bus steigen und losfahren, um nur ganz schnell bei ihr zu sein. Aber das geht natürlich nicht. Und so nagt die Sorge von Minute zu Minute, von Stunde zu Stunde mehr an mir, und ich werde total nervös und unausstehlich. Schließlich hat Stine die Nase voll.

»Was ist denn los, Lotte? Abschiedsschmerz oder schlechte Nachrichten von zu Hause?«

»Beides«, sage ich und erzähle ihr von dem merkwürdigen

Telefonat. Aber Stine findet das nicht halb so schlimm wie ich. »Ich kenn doch deinen Papa«, sagt sie, »der kriegt es einfach nicht fertig, dir etwas Unangenehmes zu erzählen. Das ist natürlich blöd für dich. Mich würden solche unscharfen Andeutungen auch verrückt machen.«

»Er kann doch sagen, dass Mama ihre Periode und darum Migräne hat. Hat sie ja öfter.«

»Er will dich eben schonen«, meint nun auch Hanna.

»Er hält mich für ein Baby!«, schnaube ich und bin ganz und gar nicht mit diesem Verhalten meines Vaters einverstanden.

»Ich versuche später noch mal, Mama auf ihrem Handy zu erreichen. Jetzt schreibe ich ihr einfach eine WhatsApp. Mal sehen, ob sie darauf reagiert.« Erst mal nicht, obwohl ich ihr ganz viele liebe Emojis geschickt habe. Hm, vielleicht schläft sie wirklich.

Nach dem Mittagessen singen wir für die Hauseltern noch unseren GIRLS-Song, und Rob überreicht der Hausmutter im Namen der ganzen Klasse einen dicken bunten Blumenstrauß, der glatt von einer Darßer Haustür geklaut worden sein könnte.

Dann heißt es, Gepäck verstauen und endgültig Abschied nehmen.

Im Bus fragt Ramona, ob sie sich neben Hanna setzen darf. Dabei schaut sie mich an. Bin ich Hannas Vormund? Das muss die ja wohl selber entscheiden. Ich drehe mich demonstrativ weg und bitte Stine, mich ans Fenster zu lassen. Je weiter weg von Ramona, umso besser. Stine sitzt sowieso lieber am Gang, und so passt das. Ich schalte sofort meinen iPod an und drehe die Musik auf. Dann mache ich die Augen zu und hänge meinen Gedanken nach. Die sind ziemlich verworren und in jeder Hinsicht beunruhigend.

Das Telefonat mit Papa war schon ziemlich seltsam und dass ich nun mit Rob gehe, muss ja auch erst mal verdaut werden. Von Ramona und Hanna gar nicht zu reden. Da haben wir nun diese tolle GIRLS-Band gegründet, und ich habe gedacht, nichts kann unsere Freundschaft erschüttern, und nun sieht es aus, als würde sie wegen Ramona auseinanderbrechen. Ein ganz und gar scheußlicher Gedanke, den ich gar nicht weiterdenken mag.

Muss ich auch nicht, denn plötzlich fühle ich eine warme Hand auf meinem Knie. Wie lieb, dass Stine mich trösten will. Als ich die Augen aufschlage, kriege ich allerdings fast einen Herzschlag. Die Hand gehört nämlich nicht zu Stine, sondern zu – ROB! Schluck!

Er lacht und schaut mich aus seinen braunen Teddybär-Augen liebevoll an.

»Ich dachte, ich tausche mal mit Stine den Platz«, sagt er, beugt sich zu mir rüber und flüstert mir ins Ohr: »Wo wir doch jetzt ein Paar sind.«

OMG! Ich fühle, wie mir heiß wird. Es ist also wirklich wahr. Wie bringe ich das denn nun den GIRLS bei? Ob die das so toll finden? Ich schiele zu Hanna rüber, die am Gang sitzt und den Platzwechsel natürlich hautnah mitbekommen hat. Bei ihrer Jungenphobie kann ich mir ihre Reaktion schon ausmalen. »Spinnst du, Lotte! Wir wollten doch ohne Jungs!«, wird sie bestimmt sagen. Na gut, dann werde ich einfach antworten: »Wir wollten doch auch ohne Chicks.« Punkt.

Ich schiebe den Gedanken weg und beginne mit Rob ein Gespräch über die Musikschule und unsere Band und ob es eigentlich schwierig ist, Bassgitarre zu lernen. Die Fahrt vergeht dabei wie im Flug, und als sich der Bus unserer Stadt nähert, verabreden wir uns vor der nächsten Musikstunde auf eine Cola bei mir. Wie gesagt, Traditionen müssen gepflegt werden.

An der Stadtgrenze lässt Stine sich vom Busfahrer das Mikro geben und bedankt sich richtig nett bei unseren Lehrern für die tolle Fahrt.

»Einiges hat von uns allen mehr Einsatz verlangt, als wir gedacht haben, aber wir haben festgestellt, wenn man zusammenhält, kann man jede Krise meistern. So haben wir doch ein wirklich schönes Gemeinschaftserlebnis gehabt und auch einige neue Seiten an uns und unseren Lehrkräften kennengelernt. Wenn ihr das auch so seht, haben Herr Bergmann und Mrs Picklestone einen kräftigen Applaus verdient.«

Den spenden unsere Mitschüler dann auch reichlich. Beide bedanken sich, erstaunlicherweise leicht gerührt, ebenfalls noch kurz bei uns. Ausdrücklich auch im Namen ihrer Hunde, um die wir uns so lieb gekümmert hätten. Woraufhin Rubber ein dunkles Knurren und Emma einen kleinen freudigen Kläffer von sich gibt. Ein herrliches Pärchen!

Der Bus kurvt nun auf den Schulhof, wo die Eltern schon warten. Rob umarmt mich und gibt mir noch im Bus einen zarten Kuss auf die Wange, dann drücke ich meine GIRLS und hüpfe so schnell wie möglich nach draußen. Jetzt will ich doch wissen, was bei meinen Eltern Sache ist. Ich sehe Papa und winke ihm schon mal zu, während ich auf mein Gepäck warte. Endlich, endlich zu Hause! Hoffentlich wackelt nicht schon wieder der Haussegen, denke ich noch, als Papa hinter mich tritt und mir die Reisetasche abnimmt.

Ich schlinge meine Arme um seinen Hals und knuddele ihn einmal tüchtig, ehe ich frage: »Wo ist denn Mam? Warum ist sie nicht mitgekommen? Geht es ihr immer noch nicht besser?«

Wir steigen ins Auto. »Nein, leider fühlt sie sich nicht wohl«, erklärt Papa auch jetzt wieder ihre Abwesenheit. Ich bin sofort alarmiert.

»Was fehlt ihr denn? Migräne?«

Paps schüttelt den Kopf und lenkt das Auto vom Schulhof. Man, der kann einen ja vielleicht nervös machen!

»Hat sie eine Grippe? Magen-Darm? Nun sag schon! Mama ist doch nie krank. Ist ihr in der Villa was auf den Kopf gefallen? Ein Stück Putz … hat sie eine Ratte gebissen … das Klo gespuckt?« Mir kommen die wildesten Ideen, aber Papa versucht mich zu beruhigen.

»Du musst dir keine Sorgen machen, Lotte, es ist wirklich nichts Schlimmes. Wir sind ja gleich zu Hause, dann kannst du selber mit ihr sprechen.«

Das werde ich auch tun, aber huntertpro!

Als ich das Haus stürme, finde ich Mam in ihrem Zimmer im ersten Stock, wo auch meine Butze liegt. Sie sitzt am Schreibtisch, und als sie sich bei meinem Eintreten umdreht, sieht sie wirklich ein wenig blass aus und hat Schatten unter den

Augen. Die Ärmste! Kaum bin ich mal ein paar Tage nicht da, passiert so was!

Ich sause zu ihr und schlinge meine Arme um sie, und wir herzen uns, als hätten wir uns hundert Jahre nicht gesehen. Sie hat direkt ein paar Tränen in den Augen. Das irritiert mich, und so frage ich besorgt: »Warum weinst du, bist du so krank?«

Sie lässt mich los, schüttelt den Kopf und wischt sich die Augen mit dem Handrücken trocken.

»Nein, nein, alles gut, ich freue mich nur so …« Ich bin beeindruckt. Hätte nie gedacht, dass sie mich so vermissen könnte.

Papa ist inzwischen auch ins Zimmer getreten.

Ich schaue von einem zum anderen. Irgendwie wirken sie immer noch merkwürdig.

»Habt ihr euch gestritten? Ist Mama deswegen so blass?«, will ich wissen und füge gleich hinzu: »Kann man euch denn nicht mal eine Woche alleine lassen, ohne dass gleich wieder der Haussegen wackelt?«

»Aber er wackelt doch gar nicht …«, sagt Papa, »… im Gegenteil …«

Mama lächelt bei diesen Worten, und weil ich aus den beiden grade gar nicht schlau werde, beschließe ich, erst mal meinen Kram in mein Zimmer zu bringen und sie dann auszuquetschen, am besten bei einer gemütlichen Tasse Tee am Kamin.

Genau das schlägt Papa auch vor. »Wir wollen doch hören, was du alles an der Ostsee erlebt hast.«

Ich lasse die beiden also alleine und pilgere zu meiner Bude rüber, die ja auf dem gleichen Flur liegt. Davor hat Papa bereits mein Gepäck abgestellt. Wie lieb von ihm.

Moment! Irgendetwas hat sich verändert. Ich lasse meinen Blick mit kriminalistischem Interesse schweifen. Oh, die Tür des kleinen Zimmers in der Mitte des Flures ist neu gestrichen. In einem hübschen hellen Türkis-Blau. Gefällt mir, aber natürlich frage ich mich, was meine Eltern mit dem Raum dahinter vorhaben. Sehr groß ist er wirklich nicht.

Vielleicht soll es ein neues Gästezimmer werden? Das wäre natürlich toll, dann könnte Rob sicher auch mal bei mir übernachten. Meine Neugier ist nun nicht mehr zu bremsen, und ich beschließe, schnell einen Blick zu riskieren.

Ich habe die Tür noch kaum richtig aufgemacht, als ich wie schockgefroren auf der Schwelle stehen bleibe.

»WAS IST DENN DAS!!!«, kreische ich auf.

Mein Schrei ist nicht zu überhören, und Sekunden später stehen meine Eltern hinter mir. Sie lachen, während ich noch auf die Fata Morgana vor meinen Augen starre, denn nichts anderes kann es sein, was ich da sehe … ein Trugbild …

»Das, das ist ein … ein … Ki…« Ich kann es nicht aussprechen, also versuche ich es noch mal anders: »Wollt ihr sagen, dass …«

Nun ergreift Papa das Wort.

»Ja, genau, das wollen wir dir sagen – Mama ist schwanger –, wir bekommen ein Baby.«

Seine Stimme klingt vor Rührung ganz wässerig, und auch Mama schnieft schon wieder total rührselig.

OMG, sind die denn verrückt geworden vor Freude?

Ich selber kann es allerdings noch gar nicht richtig fassen, starre weiter in das niedlich tapezierte Babyzimmer, in dem schon ein Wickeltisch und ein altes Schaukelpferd stehen.

Wie süß, das ist ja das Trödelstück, um welches ich mit Papa mal auf dem Flohmarkt gefeilscht habe. Ganz plötzlich sehe ich darauf einen kleinen Bruder vor mir, wie er sich in die Mähne krallt und dem Holz-Ross die Sporen gibt.

Wow, jetzt kapiere ich es endlich auch, und jubelnd falle ich meinen Eltern abwechselnd um den Hals. Wie ist das krass:

Ich werde SCHWESTER!

Am Abend rufe ich natürlich sofort noch Stine und Hanna an, um ihnen die großartige Neuigkeit zu berichten. Daraufhin vereinbaren wir ein Treffen am Sonntagnachmittag bei mir, denn natürlich wollen sie unbedingt das neue Babyzimmer ansehen.

Sie finden es ganz toll, und Hanna schwallt mich als Schwester von Zwillingen gleich mit ihren Erfahrungen zu. Da ich ja als Hilfsbabysitterin auch so einiges mitbekommen habe, freue ich mich schon riesig auf das Spucken, Schmaddern, Kleckern und Sabbern des kleinen Windelscheißers. Denn dass es tatsächlich ein Junge wird, wissen meine Eltern sogar schon und haben es mir auch gleich verraten, als ich von meiner Schaukelpferdvision erzählt habe.

»Lotte hat einfach den siebten Sinn«, sagt Hanna lachend, als ich davon berichte. »Du solltest Hellseherin werden.«

Hm, wenn ich so übersinnlich begabt wäre, müsste ich ja eigentlich auch wissen, wie es mit Hanna und Ramona und dem GIRLS-Club weitergeht. Weiß ich aber leider nicht.

Wir pflanzen uns auf mein Diwanbett, knabbern Kekse

und süffeln eine meiner Drinkkreationen – Kiwi on Ice mit Zitronengras.

Okay, die Stimmung ist gut, dann machen wir doch am besten gleich Nägel mit Köpfen.

»Klappt das jetzt mit Ramonas Umzug?«, frage ich Hanna also.

Die guckt mal wieder wie ein Reh.

»Haben dir deine Eltern das denn noch nicht gesagt?«

»Nö, wir hatten andere Themen. Letzter Stand ist, dass sie mit Ramonas Eltern nächste Woche einen Notartermin haben.«

»Ja, genau. Da soll der Kauf perfekt gemacht werden.«

Hm, das habe ich mir ja schon fast gedacht.

»Und du freust dich jetzt natürlich darüber?«, frage ich Hanna.

Sie druckst rum, will einfach mit der Sprache nicht raus.

»Kannst es ruhig sagen, ihr habt ja auf der Klassenfahrt auch schon ziemlich oft zusammengesteckt.«

»Haben wir?«

»Ja, habt ihr. War nicht zu übersehen, besonders nach dem Brand und dem Volleyball-Spiel.«

Hanna holt tief Luft, und es folgt eine etwas längere Erklärung.

»Also, es ist ja nun so, dass Ramona nicht mehr in Violas Clique mitmachen will. Nach dem verlorenen Beachvolleyball-Match gegen uns hat Viola Ramona total mies behandelt.«

»Ich weiß, habe schließlich mitbekommen, wie du sie getröstet hast.«

Hanna schaut mich an. »Und du bist nicht sauer?«

Na ja, mich musste ja Gott sei Dank niemanden trösten.

Nun mischt Stine sich ein.

»Wenn Ramona keine Chick mehr ist, könnten wir sie doch in den GIRLS-Club aufnehmen, oder spricht noch was anderes dagegen, Lotte?«

Hm, eigentlich fällt mir nichts ein, aber das geht mir jetzt einfach zu schnell. Andererseits könnte ich sie und Hanna dann besser im Auge behalten … denn schließlich will ich meine Freundschaft zu Hanna wegen Ramona nicht einfach aufgeben. Jetzt schon gar nicht, wo ich dringend ihre Erfahrung mit Babybrüdern benötige.

»Aber du bleibst meine Freundin?«, vergewissere ich mich also erst einmal.

»Na klar …«

Mir kommt eine Idee.

»Also, ich hätte da auch noch ein Anliegen …« Ich stocke, weil ich mir plötzlich doch nicht mehr sicher bin, ob das geht, aber Versuch macht klug. »Rob lernt doch jetzt bei Ekki in der Musikschule Bassgitarre, und so eine Bassgitarre in einer Band ist richtig cool … könnte er vielleicht … ist nur so eine Idee … könnte er vielleicht manchmal mit uns üben … nur so zum Spaß, um mal zu hören … äh … wie das klingt …«

Hanna kriegt riesige Kulleraugen, und ich kann mir vorstellen, was sie jetzt denkt: *Was, zum Kuckuck, soll ein Junge in einer GIRLS-Band!!!*

Aber Stine sagt sofort: »Klar, warum nicht. Ist bestimmt lustig. Was Rob anfasst, hat außerdem immer Hand und Fuß. Ich mag ihn.«

»Ich auch«, sage ich leise.

»So wie ich Ramona?«, fragt Hanna. Ich muss grinsen, und Stine fängt an, laut zu lachen. Hanna ist wirklich noch total süß-naiv, was Jungen angeht.

»Eher nicht«, sagt Stine schließlich immer noch giggelnd. »Hast du es denn nicht mitgekriegt, Hanna? Rob und Lotte gehen miteinander.«

Hanna stiert mich an, und es fällt ihr nun anscheinend wie Schuppen von den Augen.

»Dann seid ihr echt *verliebt*?«

Ich grinse verlegen. »Könnte man so sagen.«

Erstaunlicherweise ist Hanna aber gar nicht schockiert, sondern meint ganz lieb: »Ich habe mir eigentlich schon so was gedacht, als Rob dir zu unserem Bandauftritt das Freundschaftsarmband geschenkt hat. Das war sooo süß!« Ja, das war es wirklich. Ich seufze …

»Und was machen wir nun?«, will Stine lieber konkret wissen, ehe es zu sentimental wird. »Nehmen wir Ramona auf?«

»Also, meinetwegen«, stimme ich zu, »aber Rob darf dann auch mal in der Band mit uns üben.«

Wir klatschen die Hände ab, und der Deal ist perfekt. Wäre ja auch gelacht, wenn wir das nicht gewuppt hätten.

Wir stürzen nach oben in den Übungsraum und schmettern unseren GIRLS-Song mit so viel Power, wie die *Krawall-Gruppe* in ihren besten Tagen! Das muss jetzt einfach sein, denn der Song ist für uns schließlich Programm!

Komm zu uns in den Club …

Auch wenn es mir in Bezug auf Ramona wirklich schwerfällt, muss ich zugeben, dass es nicht reicht, so was zu schreiben und zu singen, sondern dass man auch bereit sein muss, danach zu leben.

Wir warten auf Dich
So wie du bist, ist's okay
Komm einfach vorbei!
Versuch tut nicht weh!

Okay, an mir soll es nicht liegen, Ramona soll ihre Chance haben, denn eins steht fest – die GIRLS bringt nichts auseinander – nichts und niemand! Punkt!

Tja, ihr Lieben,

ein paar Tage später treffen wir uns alle im Tropenhaus, um mit Ramona und Rob die neue Situation zu besprechen, da platzt – »oink, oink« – Rosita in die Runde.

»Prima«, flutscht es mir spontan raus, »das ist ein gutes Omen. Wir nehmen Ramona also in den GIRLS-Club und Rob probehalber in die Band auf – unter einer Bedingung – die beiden müssen das Schweinchen küssen.«

Ramona wirkt nicht so begeistert, aber Rob findet das sofort eine coole Idee.

»Glück kann man nie genug haben«, sagt er, womit wir mal wieder einer Meinung sind.

Als ich Rosita hochnehme und den beiden für das Küsschen hinhalte, ist sie unter dem Bauch wieder total verschlammt und saut mich richtig ein.

Das Gelächter ist groß, doch anstatt es peinlich zu finden, denke ich nur im Stillen, dass man sich manchmal eben die Hände schmutzig machen muss, um das Glück festzuhalten!

Eure Lotte

Quellenangaben:
www.ostseebad-prerow.de
www.nationalpark-vorpommersche-boddenlandschaft.de
www.junior-ranger.de

Minte-König, Bianka:
Lesegören
Jetzt geht's ab, GIRLS!
ISBN 978 3 522 50516 1

Einbandillustration: Carolin Liepins
Einbandlayout und -typografie: Maria Seidel
Innentypografie: Kadja Gericke
Reproduktion: Medienfabrik GmbH, Stuttgart
Druck und Bindung: GGP Media GmbH, Pößneck

MIX
Papier aus verantwortungsvollen Quellen
FSC® C014496